ヘンリエッテ・ヘルツ(1764-1847)
アントーン・グラフによる肖像画(1792)

Henriette Herz

ベルリン・サロン

ヘンリエッテ・ヘルツ回想録

野口　薫
沢辺　ゆり 編訳
長谷川 弘子

中央大学出版部

目次

まえがき

ヘンリエッテ・ヘルツ（一七六四—一八四七）は、ベルリンで最初に文学サロンを開いた女性である。ポルトガル系ユダヤ人の血を引く彼女は、幼い頃から非常に美しく利発であり、常に人目を引く存在だった。

彼女の美貌、魅力的な姿は、この書の表紙に選んだ肖像画からもうかがえる。この絵は、パリで修行してアカデミーの会員ともなり、帰国後は、プロイセンの王家や貴族の肖像を多く手がけた女性画家、アンナ・ドロテーア・テルブッシュ（一七二一—一八二）によるもので、描かれているのは、結婚を数カ月後に控えた十四歳の少女ヘルツである。豊かな髪、まっすぐこちらを見つめる黒い瞳、愛らしい口元、ふくよかな頬、肉付きのよい首から肩、腕にかけて、ほのかなばら色を帯びて輝く肌。左手は花輪を、指だけが見える右手は酒盃を持っている。テルブッシュはヘンリエッテに、オリンポスの神々に酒を捧げようとしている、女神ヘーベのポーズを取らせたのだという。ヘーベは若さと清純・無垢を象徴している。

ヘンリエッテは、一八二〇年代に、回想録を書き始めるが、二九年に一旦、中断した。その後、一八三〇年代の終わり頃、ベルリンの作家ヨーゼフ・フュルストの勧めに応じ、往時の記憶を語った。当時は彼女の日記、イタリア旅行の記録なども残っていた。これらを基にフュルストはヘルツの回想録としてまとめ、一八五〇年に初版を出した。

この翻訳は、Ulrich Janetzki 編 "Berliner Salon. Erinnerungen und Portraits" (Frankfurt a.M., Berlin 1984) 及び Hans Landsberg 編 "Henriette Herz. Ihr Leben und ihre Zeit" (Frankfurt a.M. 2000) を基とし、Rainer Schmitz 編 "Henriette Herz in Erinnerungen. Briefen und Zeugnissen" (Frankfurt a.M., 1984) を参照している。

ヘンリエッテが、直接・間接に交流を持った人物たちは、ドイツ文学史に限って見ても、メンデルスゾーン、レッシングの啓蒙時代からゲーテ、シラーの古典期、シュレーゲル、シュライエルマッハー、ノヴァーリス、ティーク、ジャン・パウルらロマン派、さらにはベルネら「若きドイツ」の時代にまで及ぶ。ここには、ドイツ文学史や思想史の表面からは測りがたい、この人たちの――この人々を愛して親しく交わり、この人々からも愛され、慕われたヘンリエッテだけが見ることのできた――人間的素顔がスケッチされている。

ページ数の都合で、当時の時代背景に関する回想や、その他ミラボーに関する文章などは割愛した。だがその他にも、回想録中に名前が挙げられている人物は大変多く、しかもそれらはほとんどすべてと言ってよいほど、当時ベルリンで、あるいはヨーロッパで、政治的、社会的、文化的に何らかの役割を果たした人物であることには驚くばかりである。巻末にかなり詳細な注を施したが、これによってヘルツのサロンの人脈の幅と質を多少なりとも彷彿させることができればと願っている。

一　年上の夫　マルクス・ヘルツ（一七四七―一八〇三）

ベルリンのトーラー筆記者の息子として生まれる。ケーニヒスベルクで哲学と医学を学ぶ。カントの愛弟子。ダーフィト・フリートレンダーの援助を受けて、ハレで続けて医学を学び一七七四年に博士号を取得、ベルリンのユダヤ人病院の医師となる。さらに、自宅で医学、哲学、実験物理学の講義を行い、カント哲学をベルリンに紹介した。一七八七年以降プロイセン国王フリードリヒ・ヴィルヘルム二世から哲学教授として年金を受ける。一七七九年にヘンリエッテ・ド・ルモスと結婚。一八〇三年に病死。

ヘルツは、ケーニヒスベルクに滞在中からすでに、ベルリンではすべての階級に教養が行き渡っていると聞いていた。それゆえに、いかに豊富な知識を持っていても不安な気がするまま、ベルリンへの旅に出たのだった。彼の話では、間もなく、ある靴屋の徒弟の答えが、彼のこの不安を強めたという。旅の途中で上履きのひとつを失くしてしまったヘルツは、ベルリンに着いてすぐに、残っている上履きの型通りに同じ物を注文した。しかし、新しい上履きが届いたとき、この条件が全然満たされていないことがわかった。そこで彼は、少々腹が立って、上履きを持ってきた靴屋の徒弟に、いったい君は、この上履きがもう片方の物とまったく同じだと思うかねと尋ねた。しかし、その違いが誰の目にも明らかなものであったにもかかわらず、この事実はその若者を一瞬もたじろがせなかった。むしろ彼は生意気な目でヘルツを上から下まで眺めて、それからこう言った。「だんなさま、あなたは世界中のどこにもまったく同じ物は二つないことを、御存じないのではないでしょうか」。ヘルツは、唖然として、椅子から立ち上がり、黙ってその上履きの代金を払った。この後、彼がベルリンの社交界に出入りする気になるまでは、かなり長い時間がかかったのだった。

私たちが結婚した頃にはすでに、ヘルツは医者として尊重されていた。そしてまもなく、彼の名声は高まり、私たちは、彼が医者として診療した、そのほとんどが非常に尊敬に値する多くの家族との社交的な関係を持つようになった。まもなく、彼は、私たちの家で哲学の講義を始めた。この講義には選りすぐりの人々が参加した。そして、彼はこの聴衆の中から、彼が興味を抱いた有能な人物をときおり夕食に招待したので、私たちの社交的な結びつきはますます有益な形で広がったのだった。後には、実験を伴う物理学の講義も付け加わり、これは特に好評であった。この講義では、すばらしい機械や器具が使われていた。そして、最も高い階級の人たち、知識欲の旺盛な人たち、また単に好奇心に満ちた人たちなどが、こぞってこの講義に足を運び、私たちの集まりに最上の名士が加わるきっかけとなった。この講義には、王[1]の弟たちまでもが列席され、そして後には、当時五歳位だった皇太子[2]をも、教育係のデールブリュック[3]が、二、三の興味深い実験をお見せするために、お連れしたのだった。この幼い皇太子に、私自身の手で二、三の燐の実験をしてお見せしたことを、覚えている。

　これらの実験の評判のおかげで、ヘルツは、たとえばその当時初めて広まった避雷針[4]など、実験にまつわる様々なことについて、助言を求められるようになった。ある日のことだったが、当時はある貴族の家で家庭教師をしていた、現在の枢密顧問官クント[5]が、テーゲル[6]に建てられるという避雷針の件で、助言を得ようとやって来た。この件をきっかけとして、彼は私たちのところによく来るようになり、やがて彼が二人の弟子、後に非常に注目すべき重要な人物になった、当時十六歳と十七歳のヴィルヘルム[7]とアレクサンダー・フォン・フンボルト[8]を伴ってやって来た。

　私は非常に若く、ものを知らなかったのだが、それにもかかわらず、客たちは私と多く会話を交わした。おそらく、私が美しかったので、彼らは私が賢いと思い込んでいたのだろう。しかし、このときの会話は私にとって役に立った。なぜなら、彼らが連れて来る人たちは大部分が優秀な人たちであり、私との会話を必ずしも楽しめるわけではなかったにもかかわらず、常に私に向かって話しかけてくれたのだった。

ヘルツは、頭脳明晰な批評家だった。彼はすべての著作を不明瞭とさえ非難しかねなかった。彼が好んで引用したのは、作家自身が理解していると考えられる箇所がその作品にほとんどない、そのような恐るべき作家たちが山ほどいるという、マールブランシュ[9]の箴言だった。

ゲーテ[10]の『ゲッツ』[11]と『ヴェルテル』[12]の出版は、文学の世界での転換点を示していた。このような転換点が同時に、社会全体に文学の二つ党派をもたらすことになったのは理解できる。私たちの結婚生活においてもそうだった。すべてが、生き生きとした想像力に恵まれた若い女性、つまり私の心を、新たに姿を現した太陽、ゲーテへと引きつけた。一方、私よりも年上の夫は、レッシング[13]本人と交友があり、この人物にドイツ人の中で最も偉大な批評家ばかりではなく、レッシング自身の見解とは異なるのだが、偉大な詩人を認め尊重しており、レッシングの明断さとわかりやすさをもって書かれていないものはすべて、拒否していた。彼は、この考えを友人の多くと共有しており、なかでもダーフィト・フリートレンダー[14]と考えを同じくしていた。このフリートレンダーは、ある日、ゲーテの詩で不明な点を説明してもらおうという願いを抱いて、夫のもとにやって来た。

じつは、彼は夫が説明などできはしないだろうとひそかな期待を抱いてきたのだが、夫は次のような言葉で彼を私へと差し向けた。「どうか私の妻のところへお出でください。妻は意味のないことを説明する術を心得ているのですから」。

またある日カール・フィーリップ・モーリッツ(15)がちょうど私のところにいたとき、ヘルツが手にゲーテの詩『漁夫』(16)を持って私の部屋に来たことがあった。「Kühl bis ans Herz hinan（心の際まで冷気にひたって）」と夫は朗読し、「いやいや、この箇所で何が言われんとしているのか、誰か説明してくれないものかね」と叫んだ。「けれどもいったい誰がこの詩をそこまで理解しようとするでしょう！」とモーリッツは、人差し指を額にあてて、答えた。ヘルツは目を丸くして彼をまじまじと見つめた。詩というものには、確かに、同様のこともしくは似たことを自らが感じた者だけが理解できる要素が多くある。ヘルツは、このような要素の多くを感じていなかったと言って差し支えないと思う。

私の審美的な悩みはロマン派の出現とともにいやが上にも高まった。ここにおいては、ヘルツにとってはすべてが真実ではなく、理解しがたかった。なかでもその極致はノヴァーリス(17)だった。この神秘主義に対して、単なる学問的素養の持ち主が何のセンスもなかったのは当然だろう。それに加えて、実は私自身も、ノヴァーリスの精神と志向を全体的には理解していたにせよ、この詩人の著作のかなりの部分がよくわからないままであった。ヘルツは、ノヴァーリスの著作に関して彼特有のウィットに富んだ言葉をはこうとして、その著作のページをぱらぱらとめくっただけで、ちょうど私のわからない箇所を見事に捜し当てることができた。ある日彼はそのような箇所をまた私に朗読して、私に説明を求めた。二、三の無駄な試みの後に、私は、その箇所を私もわからないと白状せざるを得なかった。ヘルツは、非常に皮肉な微笑を浮かべて、こう言ったものだった。「まあしかし、この人自身もこの箇所を理解しているとは思えないがね」。

二　読書協会の歴史　若き日のヘンリエッテ・ヘルツ

ヘンリエッテは、一七六四年にベルリンのユダヤ人医師ベンヤミン・ド・ルモスの娘として生まれた。一七七九年にマルクス・ヘルツと結婚し、ベルリンで最初の文学サロンを開いた。この頃、ヘルツ夫婦は読書協会にも参加し、多くの人々と交際していた。この読書協会では、参加者が本の朗読を行い意見の交換をするのみではなく、劇や音楽の上演や、学問的な講演なども行われた。このような人々の集まりは、一八一〇年まで大学がなかったベルリンにおいて、学問を通じて人間形成を行う公共の場として機能していた。

私が若いときには、皆が共同で本を読むことが現在よりも多かった。ひとつには、当時は人々はまだあまり書物を自分で買うことはなく、また、ベルリンには何とか本が揃っている貸し本屋は一軒、つまりシュパンダウー通りにあるフィーヴェック[18]の貸し本屋しかなかったことがある。またひとつには、読んだことを互いに理解しあいたいという目的もあった。そもそも自分を育てるために人々が取る方法、また各自が社交的な交際においてその知識を他の人に伝えるやり方が、当時は現在とはいかに違っていただろうか。あの頃は、人はこだわりなく誰はばかるところなく、人は自分を育てる努力をするものだと言ったものだ。この言葉は、今ではほとんど滑稽なものとなっている。しかし、人がこのための意志と要求を言葉にしたからこそ、当時、非常に優秀な男性たちが互いを見出したのであり、後に、形式にとらわれない、より自由な動きが見られるようになると、著名な学者たちの中にさえ、素人を相手にするのは沽券にかかわるなどとは考えずに、向上心のある者たちに彼らの最上の知識を伝える者が現れた。彼らはしばしば、非常に様々な人が参加する我々の社交のグループにおいて、今日の学者たちであれば、学生か学問を修めた者にのみ教える価値があると思うだろう事柄を、講義したのだった。また文献学、哲学、神学、法学などあらゆる分野の学者たちも、美しい文学作品をお互いに楽しむために、学問や判断に関してはるかに彼らに劣っている男女の参加者たちと一つになり、そして、この目的のために、すでに述べたように、お互いに本を朗読したのだった。

このような状況のもとでは、上手に朗読する能力がきわめて熱心に求められたことは、理解できる。私の夫もこの才能を非常に重んじており、私たちの婚約のすぐ後で、私に読むことができるかと尋ねた。彼は婚約中に、つまり正確に言えば婚約の始めの頃、たいてい私を子ども扱いしていたので、実際そのとき私は十三歳にも満たなかったのだから本当に子どもだったわけだが（また私がひどく気分を害したことに、彼は結婚した後でさえも家ではまだ私を子どもとして扱っていた）、私はこの質問をただ単に読むことに関するものと思い、非常に不本意なものと感じた。私はすでにフィーヴェックの貸し本屋の本は全部二回も繰り返して読んでいたのであり、またそればかりではなく、かつて一度貸し本屋に行く途中で、怪奇小説を手にして、彼の家の窓の前ですべって転んだことさえあったからである。夫はそのときちょうど窓の外を見ていたのだ。このことを私が恥ずかしく思っていることが夫には明らかにわかっているだけに、私の考えでは、彼はこのことを忘れるべきではなかった。大粒の涙が私の頬をつたって落ち、私は「はい！」と小さな声で言うのがやっとだった。夫はそれでは何かを読んでみるようにと求めた。私は最初の行を読んだが、しかし夫はそこでもう、微笑みながらも、彼特有のウィットに富んだ鋭い言い方で、「それは、私に言わせれば、単なる棒読みだね」と言ったのだった。彼は今度は自分で朗読してみせてくれ、そしてそれはまったくすばらしい読み方だった。彼が何を考えているのか、私にはようやくそのときわかり、読むことはできませんと、当然のことながら言わざるを得なかったのだった。「あなたに朗読の仕方を教えてあげよう」と夫は言った。そこで私は、私の自尊心を傷つけはするが、しかし非常に有益な授業をしてもらわざるを得なかったのである。

私は、周知のように、後になると本を上手に読んだ。ゲーテの『漁夫』を一度ツェルター[19]のいる前で読んだとき、彼は私の朗読の仕方を非常に気に入ったと見え、このことを彼は詩人自身に告げたのだった。私がゲーテに何年か後にドレスデンで会ったとき、ほんの些細なことでさえ覚えている、ゲーテの素晴らしい記憶力を証明することに、彼はツェルターのこの報告をまだ覚えていた。私は、このことについてのゲーテの親切な言葉について、ツェルターに感謝したのだった。

私が覚えている限り一番初期の読書協会は、私よりも一年早く結婚した、私の女友達のドロテーア・ファイト[20]の家で毎週開かれていたものである。彼女は、メンデルスゾーン[21]の娘であり、後のフリードリヒ・シュレーゲル[22]夫人である。この読書協会には、この女友達と私の他には、私の夫、モーリッツ[23]、ダーフィト・フリートレンダー[24]、そしてメンデルスゾーンの次女[25]などがいた。通常は劇作品が読まれており、こう言ってもかまわないと思うが、朗読は立派なものだった。メンデルスゾーンは、私たちの熱心で注意深い聞き手だった。彼の意見の言葉を聞くために、どんなに緊張してそろそろと私たちは彼の周りに集まったことだろうか！　そしてそれが好意的なものであれば、どんなに私たちは幸福だったろうか！　この賢人は、賢明であると同時に善良で温和だった。さらに彼は冗談が大好きであり、しかも彼の冗談は決してしんらつなものではなかった。叱責するときでさえ、彼は優雅な心地よい言い方を用いた。私は、人々が私を持ち上げるので、甘やかされて、ちょっとした罪のないからかいにさえ、おこりっぽくなっていた。このことが繰り返しあったとき、彼は私をまじめに叱ったが、締めくくりはこのような言葉だった。「とは言え、あなたはこんなことは心穏やかに我慢することができるはずでしたね」。

少し後になって、一七八五年頃、ベルリンであらゆる分野とあらゆる年齢層に亘る卓越した男性たちが参加する読書協会が設立された。ここに参加した人たちの中では、エンゲル[26]、いつも年老いて見えたあの少しばかりペダンティックなラムラー[27]、モーリッツ、テラー[28]、ツェルナー[29]、ドーム[30]、法学者のクライン[31]、そして私の夫の名だけを挙げておこう。それから、十七歳と十八歳だったあのヴィルヘルムとアレクサンダー・フォン・フンボルトの二人の兄弟の名前も。彼らは当時からすでに礼儀正しく、活発で、才気に富んでおり、簡単に言えば本当に愛すべき人たちで、しかも包括的な知識を持っていた。彼らは当時すでに私たちの家に紹介されており、美しいものすべてに対する彼らの興味を考えても（この興味には後には私たちの協会に属する美しい女性たちのために少し余分な感情も混ざるようになったのだが）、この協会に入ることは必然的なことだった。

この集まりは常に、王宮の城代であるバウアー枢密顧問官のもとで、冬は城内で、夏はバウアーが王宮の門の前に持っていた庭において開かれていた。彼の妻は当時人も認める才女（ベル・エスプリ）でありたいと願っていた。毎回本が読まれた。短い論文も長い論文も、抒情詩も叙事詩も、戯曲も、交互に読まれた。男性も女性も朗読をした。しかし、冬には私たち若者たちは、簡素な食事の後でダンスをした。思い出せば、そのような夕べに一度、アレクサンダー・フォン・フンボルトが私に当時はまだ新しかったメヌエットの「ア・ラ・レン」を教えてくれたのだった。そして夏には、私たちは野外で様々な社交の遊びをした。この遊びには、たとえばボール投げなどには、年長の者もよく参加をした。このような騒ぎはいつも、バウアー夫人の不興をかうことになった。いくら多くの本を読んでも彼女は飽き足らなかったのである。

エンゲルは、ある意味ではこの会の主宰者だった。彼は、迷っている者を正しい道に導いた。冬には彼はいつもストーブの後ろに席をとり、自分が朗読していないときは、そこから人々を指導した。ある晩、バウアー夫人がある論文の批評家（Kritiker）という言葉を、この論文にはこの言葉がまた何回も出てきたのだが、そのたびに ti にアクセントを置いて「クリティーカー」と発音したとき、エンゲルは倦むことなくこの過ちを訂正した。ri にアクセントを置いた「クリーティカー！」という大声がそのたびにストーブの後ろから鳴り響いた。そしてその結果を見れば明らかなことに、いくら繰り返してもこれは無駄なことだった。しかし、この出来事は同席した人々から微苦笑を誘うにふさわしいことではあったが、だからといってこの女性が私たちに滑稽に見えたということではない。そしてまた、エンゲルや私たちのグループの名士たちも、自分たちの文学的な楽しみにおいてこのような女性を仲間として持つことを、滑稽だなどとは思っていなかったのである。

このようにして、私たちは一年中を通してお互いに非常に楽しく過ごし、またこれは私たち皆にとって、知的にもかなり有益だった。また、私がヴィルヘルムに与えた印象は消えがたいものであったと見え、私たちは文通をするようになった。私は、実際に冷静な気持ちだったので、非常に冷静に手紙を書いたが、彼は私ほど冷静ではなかったと言えよう。しかし、私の方が控えめにしていれば、ある種の関係とか人が言うところの「言い寄る」などということは、そもそも起こり得ないものである。女性の方が、入ってはいけない関係に自ら入ったりそれをさせたりしない限り、そのようなことは起こらないのである。どんな女性でも、近寄って来る男性を、彼がいかに礼儀正しく知的なやり方で近寄ろうとも、自分から遠ざけておくことができるものだ。なぜなら、遠ざけておくという女性の意志が真剣なものと男性が悟れば、彼はそれ以上は近づかず、そして湧き上がる慕情も情熱もまた、自然に消えていくのである。ともかくも、このように、私は自分の判断を自分に言い聞かせている。なぜなら、ひどく自惚れているとは思われるだろうが、あらゆる種類・階層のとても多くの男性が私に思いを寄せ、激しい情熱に身を焦がしたのだったから。

この少し後に、いわゆる「お茶の会」が作られたのだが、ここでも同様に頻繁に本が読まれ、参加者としては、グスタフ・フォン・ブリンクマン[32]、クリスティアン・ベルンシュトルフ伯爵[33]、アンシヨン[34]、ゲンツ[35]、ロイクセンリング[36]がいる。この会には、また当時ベルリンに一時的に滞在していた、フォン・ドーム[37]やカール・ラ・ロッシュ[38]などの友人たちも参加していた。彼らはベルリンにいる間、いつもこの会に加わっていた。

前世紀の終わり頃になってようやく、今日まで続く一つの読書協会が設立された。この協会の創立者はフェスラー[39]であり、おそらくこの協会によって、彼はベルリンに彼についての最上の思い出を残したと言えよう。その他の彼の当地での活動は、さんざんに批判されたものであり、しかもこの批判はしばしば当を得ていたのである。今日でも「水曜協会」という名前で存続しているこの協会は、非常に有益な影響を与えた。彼らは、当時はイギリス邸に集まっていた。この協会にも当初から、学者、芸術家、政治家など、様々な分野の男性たちが参加していた。また女性たちもここでは排除されておらず、活動的に参加していて、このことは好ましく思われていた。最初からの参加者としては、ヘルツ、物理学者のフィッシャー[40]、ヒルト[41]、シャードウ[42]、そして偉大な俳優のフレック[43]などがいた。ヘルツはここで様々な分野の学問的な論文を読み、フィッシャーは物理学の論文を読んで、実験によって解説を加えた。学問的な朗読ばかりではなく、ここでは劇作品の朗読も行われた。そして、この劇作品の朗読において一番下手だったのは、誰あろうことか、当時本当に輝いていた芝居の世界での一番星であった、フレックだった。彼にインスピレーションを与えられるのは、ただ舞台だけだったのである。舞台の上では、彼は心を奪うように話し、まねのできない真実をもっていかなる感情をも表現し、いかなる感情をも抵抗しがたく聴衆の心に引き起こしたのだった。

もちろんこの協会においてさえ、人はときおり精神的な糧に関して不十分な思いをせざるを得ないことがあった。しかしそれはそれとして、肉体的な糧について言えば、これはもう常に不十分な思いをさせられていた。なぜなら、読書の後の食事はひどく粗末なものだったからである。そしてこの食事は二、三本の獣脂ろうそくのもとで行われ、このろうそくは黄昏時の薄明かり以上のものは広間に投げかけず、あたかも腸のごとく長く細々と広がるのだった。しかし誰も贅沢なことは求めず、誰も上品ぶったりはしなかった。そしてこのような外面的なことは、実際また、私たちの何の妨げにもならなかったのである。

このフェスラー協会の参加者たちの多くが、私たちの家に足を運んだ。同様に、知的な面で著名な外来者たちもそのほとんどが我が家を訪れた。このような最も恵まれた環境にあって、少しの誇張もなくこれは言えることなのだが、我が家はまもなくベルリンで最も有名な訪れてみたい家のひとつとなったのである。ヘルツはその精神によって、そしてまた著名な医師として、私は私の美しさと、さらに私が学問すべてに対して持っていたセンスによって、人々を引きつけたのである。というのは、私がいくらかでも触れてみたことのない学問はなかったのであり、またたとえば物理学や、また後には多くの言語など二、三の分野には、真剣に取り組んでいたからである。

三　サロン誕生まで　モーゼス・メンデルスゾーン（一七二九―八六）

デッサウのトーラー筆記者の息子。十四歳で故郷デッサウを離れベルリンに移住、タルムードを学ぶと同時にヨーロッパの諸学問を独学で学んだ。特にドイツのライプニッツとヴォルフの啓蒙哲学を深く研究。母語はイディッシュ語であったので、ドイツ語、ラテン語、フランス語、英語などを独学で学んだ。メンデルスゾーンは、生活のために絹織物工場の会計士、やがて経営者として働きながら、ベルリンのユダヤ人の啓蒙活動に携わった。啓蒙主義文学者レッシング[44]と出版業者ニコライ[45]との友情はよく知られる。

モーゼス・メンデルスゾーンの登場によって、ドイツの教養と文明を身につけようという努力がベルリンのユダヤ人、とくに若い世代のうちに目覚めた。彼によって関心を引き起こされて、男性たちは哲学の研究に取り組み始めた。このような熱心な取り組みから、たとえばダーフィト・フリートレンダー[46]のような哲学の教養のある男性たちや、ザロモン・マイモン[47]やベンダーフィト[48]などのような有能な哲学の専門家が生まれたことは、確かである。とは言え、哲学というものはその門下生に、学問的な基礎知識、精神的な深み、そして多くの時間を捧げることを要求するものである。しかし、当時のユダヤ人はほとんどが商人で、彼らの仕事に身を捧げていたので、一部の人たちがすぐにこの研究を放り投げてしまい、また他の人たちの研究が素人のお遊び程度のものだったことは、理解できないことではない。女性たちは、メンデルスゾーンという人物に触発されて、そして彼の「最新文学に関する書簡」[49]や「ドイツ百科叢書」[50]の中の論文に心を動かされ、文学作品の研究に向かった。燃えるような思いで、生き生きとした女性たちが、それまで彼女たちがまったく知らなかったことに手をつけたのだ。もちろん、このような試みにおいて女性たちには、男性が哲学の研究で出会ったほどの困難はなかった。最大の困難といっても、多くの女性が両親から反対されたことくらいだった。こういった両親たちは、ドイツの教養の中に、キリスト教の土壌に基礎を持つ教養を見たからだけではなく、自分の子どもたちが、外面的な仕事の役に立たない上に、それまで父親を長にして形作られていた家族の輪や利害から彼女らを引き離すようなものに取り組むことには、その対象がいかなるものであれ、反感を持ったのだ。

しかし、この抵抗は、ただ新たな刺激となるばかりだった。裕福なユダヤ人たちは、すでに拡大した商いの関係からキリスト教徒たちとの接触が多く、このような点では最も寛容だった。

始めの頃に好んで取り組んだのは、最も顕著に効果が出る文芸、つまり演劇だった。裕福なユダヤ人の家では、私の子ども時代にはすでに芝居が上演されていた。たしか私が九歳だったときなので、もう一七七三年頃にはすでに、私はあるユダヤ人銀行家の邸宅で悲劇の上演に加わっていた。あれは、『リチャード三世』[51]だったと思うのだが、作者についてはもう覚えていない。銀行家の娘たちが、この劇でヒロインをつとめた。私が初めて見たこの芝居の上演の印象は、忘れられないものとなった。後には、それぞれに役を振って本を読むことは毎日の決まりごとのようになり、それは十九世紀の始めの十年間に至るまで続いた。とは言え、やがて人々の興味は劇文学にとどまらなくなった。人々は、ドイツ文学全体に精通しようと試み、しかも格別の幸運に恵まれていたことに、ドイツ文学の黄金時代がまさにその当時始まったのだった。ドイツ文学の傑作は私たちと共にあった。偉大な文学の転換期を経験すること（その時代の作品への関心および作品の理解に限ってだが）、そしてその作品理解への最初の批評を共に行うことは、その転換期がもう完成したものとして、その時代と作品に関する完成した批評と並んで伝えられるのとは、いささか話が違うのである。

それと並んでドイツ人の一部にいまだに強く残っていたフランス文学の影響も、まもなく彼女たちに及んだ。私が話している転換期の始まりには、ヴォルテール[52]はまだ存命であり、もちろん著作も続けており、彼の名前ほどに感銘を与えるものはなかった。フランス語は、裕福なユダヤ人の子女たちにあってはかなり以前から、たとえ表面的にであっても、すでに学ばれていた。年輩の人たちは、有益性という理由から、そのことに反対しなかった。なぜなら、フランス語は、すべての文明国において通じ得る唯一の言葉だった。もっとも娘たちは、多くの場合、まったく別の理由を持っていた。彼女たちは主に、この流行の言葉で、宮廷人やハンサムで若い将校たちと隔てなく話したいともくろんでいたのだ。彼らが娘たちにほんの少しの心づかいを示すだけで、娘たちの父親から彼らの借りていた金が、棒引きにされることもよくあった。しかし、今やフランス語はもっと立派な理由から熱心に学ばれた。彼女たちは、フランスの古今の作家の作品を原語で読むことができるようになりたいと思っていたのだ。

とは言え当時はすでにレッシングが、フランスの劇文学を彼の明白な批判的な明かりで照らし出すとともに、シェイクスピアに注意を促していた。シュレーゲル訳[53]が出る前にあったシェイクスピアの戯曲の翻訳は、満足できるものではなく、原典にあたることを促すにふさわしいものであり、人々は原典にあたることができるように、英語の知識を得ようと努力した。同時に、英語はあの時代の多くの小説への入り口を開いてくれた。これらの小説は、若い少女の恋愛への熱に浮かされたような心の思いに甘い糧を与えるものだった。そして正直に言ってしまえば、私たちは自分自身、小説のヒロインになった気で楽しんだものだった。あの頃、私たちの仲間で、流行の小説のヒーローやヒロインの誰かについて夢中にならなかった者はいなかった。その中でも一番夢中だったのは、あの才気に満ちた、燃えるような想像力に恵まれた、メンデルスゾーンの娘、ドロテーアだった。彼女はまた知識や知的能力についても秀でていた。

また、イタリアの詩人に関する原語による知識についても、私たちの仲間の多くの者が身につけるようになった。ユダヤ人の少女は当時非常に早く結婚したので、あの頃、私たちの集まりは、徐々に多くの若い既婚女性を含むようになっていた。そこで若い夫婦たちの多くがお互いの知り合いに彼らの家の扉を開いた。このことが、女性たちの文学との取り組み、文学に関する会話によって培われた精神、これらを通じて彼女たちの中に生まれた思いを、より広い人々の集まりに知らせ関心を抱かせる機会となったのだった。そしてこの精神は本当に独自のものだった。それは、一面では新しい民族の文学から生じたものだったが、その種はまったく自然のままの汚れのない大地に落ちたのだった。

ここには、何らかの伝統によるいかなる仲介も、世代から世代へと受けつがれ、時代の精神と知識に歩調を合わせた教養によるいかなる仲介も欠けていた。しかしまた、このような教養形成の過程から生じるいかなる偏見もなかったのである。

このような精神の特質と、女性たちにおけるその自覚というものが、この精神を表明するときの無遠慮さ、はしゃぎ過ぎ、古くからの形式を無視するといった態度を招いた。しかし、この精神は否定しようもなく独自のもので、力強く、魅力的で、刺激的なものだった。そして、驚くべき機知のひらめきに伴い、非常に深い層を見せることがよくあった。このような精神が最も高度に花開くのは、少し後の、ラーエル・レーヴィン(54)においてであろう。彼女は私や私の女友達の多くからは六歳年下だったが、彼女の精神と心の温かさは、不幸に合ったこともあいまって、彼女を早くに成熟させたのだった。私は、彼女をほんの小さい頃から知っており、彼女がいかに早くから高い期待を引き起こしたかを見て来た。その期待に彼女は後に応えたのだった。

一方では、ベルリンのキリスト教徒たちの家は、ユダヤ人の家が精神的な社交に供していたものに匹敵するもの、少なくとも似たようなものでさえ、何も提供していなかった。もちろん、当時のベルリンには男性の学者たちがすでにいた。ようやくベルリンに大学(55)ができたのは、三十年も四十年も後になってからだったが。しかし、これらの人々は、一日の大半を彼らの学問や職務に捧げた後は、彼らの家族の狭い輪の中に引きこもってしまうか、どこかの公共の場所で会うかのどちらかであった。そこでは、彼らは一杯のビールを片手に、非常にまじめに厳密に学問上の事柄について議論するのだった。そして、この町の知的著名人たちから構成される、いわゆる月曜クラブは、当時は会員が十人にも満たないことが珍しくなかった。彼らの妻たちは、もし自分の心に何らかの知的興味の活動の余地を与えたとしたら、善良で尊敬すべき主婦としての彼女たちの特性が損なわれると思っただろう。それに彼女たちが夫たちの学問的な会話に同席することは、それがよもや学問の神聖さの冒涜とまでは思われなかったとしても、夫たちの邪魔になったことだろう。

ときおり自宅にお客を招待していた少数の人たちの中には、ニコライ[56]がいた。彼は未知の学者たちに対しても友好的であり、実際また後には彼は、法学者のクライン[57]や、外科医長のゲルケ[58]、そして我が家やその他の二、三の友人の家で交互に開かれていた集まりにも参加した。この集まりには、そのときどきのホスト役の家に紹介された人なら初めての人でも受け入れられ、そしてこのことは、当時のベルリンの上流社会の社交では意味のないことではなかった。とは言え、ニコライもまた本来の意味での自宅での社交はしなかった。彼はそのための資力を持ってはいたのだが。家を開くことの特徴を、友人や紹介された者がたとえ招待を受けていなくてもお客として扱われることが確実であることと見なすならば、ベルリンの学者たちについては、一人だけが、自分の家を開いていたと言えるだろう。この学者は、彼の外面上の職業によれば、商人の身分に属していた。つまり、メンデルスゾーンのことである。絹製品店における主任としての彼の収入は、著作業で得た収入と合わせても、いまだにそれほど多くはなく、しかも六人の子どもの養育が彼の肩にかかっていたのだ。しかし、この卓越した人の家は、開かれた家だった。ベルリンを訪れる他国の学者たちで、彼の家に紹介を請わない者は珍しかった。彼の友だち、そしてその友だちも、直接の招待なくしてやって来た。この家の娘たちの才気ある女友だちも訪れた。また、メンデルスゾーンが常に彼

左手モーゼス・メンデルスゾーン、中央立ち姿ゴットホルト・エフライム・レッシング、右から二番目ヨーハン・カスパー・ラヴァーター、右手メンデルスゾーンの妻フロメット。ダニエル・オッペンハイムの絵を基にした銅版画。1856年。

らに対して好意的な同信者であることを示した、正統派のユダヤ人たちの姿も欠けていなかった。町で最も知的な人々は、何と言っても彼らだった。そして、メンデルスゾーンは、そのために家族が大きな制限を忍ばなくてはならなかったにもかかわらず、このように増えた多くのお客を歓待したのだった。とは言え、彼の家がお客たちに提供した物質的な楽しみは、厳しい節制の限界を越えることを禁じられていた。彼の娘たちの近しい友人として、私は、あの尊敬すべき主婦が、お盆が客室に運ばれる前に、当時甘いものとして欠かせなかった干し葡萄と巴旦杏をお客の数に従ってある一定の割合でお盆に数え入れていたことを知っていた。とは言え、メンデルスゾーン家のように開かれた家は、たった一軒しかなく、多くの人の知的な欲求を満足させることはできなかった。

外面的な仕事が引き起こす以外の知的な興味が備わっているようなキリスト教徒の市民中間層などというのものは、当時はまだなかった。そこには多くの尊敬すべき家族の道徳があったが、いずれにしても、まだまだ知的には限られ無教養だった。上流社会のキリスト教徒の商人層に数えられる者は、まだほんの少ししかおらず、知的な面ではここでもあまり変わりがなかった。このような家では、確かに盛大で豪華な饗宴や祝宴が行われ、これらの家の娘たちは、贅沢三昧で育てられたが、しかし教養に関しては、皮相きわまる見せかけのみが求められた。役人の身分については、その低い位の者たちは、少ない収入にもかかわらず、役所の仕事が次々と押し付けられ、役所でのこの苦労と家庭での苦労（子だくさんが原因のことがよくあった）が、いかなる知的向上心をもすぐに押しつぶしてしまうのだった。身分の高い文民官僚や軍人官僚は、宮廷と運命を共にしており、出入りする者のほぼ全員が、単に貴族としての生まれによって宮廷に属していたのだから、宮廷には才気に満ちて刺激的な社交というものはまったく欠けていた。

宮廷に関しては、説明は要らないだろう。君主制の国においては、君主の社交集団のみが、宮廷の社交の中心を形作ることができるものだ。そして、まさにこのような社交集団というものが、フリードリヒ大王[59]と彼の後継者[60]の支配のもとでは欠けていた。フリードリヒ大王の交際相手は、ほんの少数の友人たちから成り、その大半はフランス人だった。その他少しの人々が、宮廷に加えられることもあった。男性と女性が混ざった社交などというものは、そこでは問題にもならなかった。王妃はと言えば、大王から離れてほとんどまったく引きこもって、シェーンハウゼンの城に住んでおり、ただときとして主要な行事や国家の行事があるときにのみベルリンに来るのだった。大王の後継者のもとでは、国王のその他の結びつき[61]ゆえに、王妃は自らの安らぎと快適さを優先し、社交を敬遠した。しかし、まさにこの結びつきのために、国王の取り巻きたちは社交の中心点となれなかった。宮廷には、古くからある盛大な祝宴、レセプションがあるのみ、またカーニバルのときには高位の文民・軍人官僚の規定通りの集会があるのみで、特に若い貴族たちにとっては死ぬほどの退屈があるのみだった。

これらの若い貴族たちには、フランスからすでに、百科全書派の書物が火をつけた革命的な空気が届いていた。ドイツにおいては、ゲーテが新たな精神的未来の予感を彼らに与えていた。とすればあの宮廷の社交が彼らに何を与えることができただろうか。たとえこの王家において知的な興味がないわけではなかったとしても、あの王家自体、何を与えることができただろうか。こちらには、ハラー[62]、ハーゲドルン[63]、ゲラート[64]、エーヴァルト・フォン・クライスト[65]、そして戯曲作家ゴットシェート[66]とボードマー[67]が、そしてドイツ文学の主人公たちがいたのである。レッシングですら、宮廷では無神論的革命家とされていた。——また、家庭の集まりでも、知性のなさと退屈あるのみだった！　アレクサンダー・フンボルトは、当時私や共通の女友だちに彼の家族が所有していたテーゲル城から手紙を書くときには、その手紙の最後にいつもこう書いてきたものだった。「退屈城より」と。もちろん彼は、ヘブライ文字で書いた手紙の中でだけこのようなことを書いた。というのも、私は、彼と彼の兄のヴィルヘルムにこの文字の最初の手ほどきをしたのだった。後に他人が、この授業を非常に成果をあげるやり方で続けたので、彼らはヘブライ文字をみごとに書いた。もしヘブライ語がわかれば誰にでも中身が読めたであろう手紙に、ユダヤ人女性の部屋の社交においては、祖先の城におけるよりもよい会話がなされていると書くことは、当時、若い貴族の男性にとって、まったく危険のないことではなかったのだ！

だが、そのような社交の状況、あるいはむしろ社交の貧困というべき状況にあって、どこかで、知的な刺激に満ちた社交が提供されたとき、ユダヤ人に対する当時の支配的偏見にもかかわらず、そもそも口頭で考えを交わすことを通じて知的育成を求めていた人たちに、そのような社交が熱心に支持されたことは驚くに値することだったであろうか。同様に、最初にこの集まりに近づいて来たのは男性たちの中でもより若い世代であったのも、そうわからないことではない。なぜなら、この集まりを支配していたのは、新時代の精神だったし、この精神の担い手たる女性たちは、偶然のたまものではあるが、一部は非常に美しい若い少女や女性だったのだから。同様に、貴族の若者の向上心のある者たちが最初に仲間に加わったというのも、この社会状況ゆえである。なぜなら、貴族は、ユダヤ人と交わることによってユダヤ人と同じ存在とみなされるには、市民社会の中であまりにもユダヤ人からかけ離れた存在だったのである。

とは言え、当然のことに、私たちの集まりの中ではこの状況はほどなく変わった。精神は、強力に人々を平等にするものである。そして、ときおり私たちの集まりに紛れ込んだ愛は、誇りを謙遜の気持ちに変化させることさえあった。束縛から自由なことが条件であるこの場においては、宮廷そのもののように窮屈な人間は、じきに風刺にさらされただろう。いずれにしても、すでに血の通わない硬直した形式主義の宮廷貴族の階級すべてに、風刺の矢が向けられていた。宮廷は当時、当の宮廷もわからないような、誰も知らないようなあらゆる王子や皇女について喪に服していることが多く、それゆえいわゆる喪章が宮廷に掲げていないときはほとんどなかった。そこで、私たちの集まりでは宮廷貴族はたいてい「喪章人間」というあだなで呼ばれていたのだった。

この集まりには、次第にベルリンに住んでいる、またはベルリンを訪れただけの若者や男性で、何らかの意味で重要な人間すべてが、あたかも魔法のように引き込まれていった。なぜなら、一度表に出た光をもう一度升の下に置こうなどとは、自意識や清新な気持ちが許そうはずもなく、すでに光ははるかかなたまで輝いていたのだった。その若者たちの家族で、精神的に同類の女性や女友だちも次第に姿を見せるようになった。やがて、このような社交についての情報が熟年男性たちの集まりにまで達すると、彼らの中からも自由な思想の持ち主が現れた。私たちは最後には流行となったのだと私は思う。外国の外交官までもが私たちとの交際を拒まなかった。

仮に私が次のようなことを言ったとしても、それは言い過ぎではないと思う。つまり、当時のベルリンでは、後に何らかの形で頭角を現す男性や女性で、それぞれ彼らの生活状況が許すのに応じて、長い期間にせよ短い期間にせよ、この集まりに属さなかったものはいなかった、と。そう、この集まりの境界線は、王家にあってもほとんど引かれていなかった。なぜなら、あのあらゆることに才能があったルイ・フェルディナント王子(68)もまた、後にこの集まりでおおいに活躍したのだった。ラーエルの往復書簡は、出版されれば、ある程度は私の主張の証拠となり得るだろう。ある程度はと言うのは、彼女の手紙が宛てられた友人たちや、また手紙の中で触れられている友人たちは、多かれ少なかれ、同時にこの社交の仲間の友人たちであり、ラーエルの書簡の完全な出版が、我々とも親交のあった重要な人物たちを確実にもっと明らかにしてくれる、とは言え、彼女は、初期の頃に私たちの集まりに属していた人たちの多くとは交際がなかったからである。私が次のように言ってもそれは誇張ではないだろう。つまり、この集まりから生まれ出た精神は、ベルリンの上流の社交界にまで浸透したのだった。この集まりに属していた多くの人々の外見的な地位からして、すでにこのことは明らかである。しかし今では、この精神が反響を呼ぶことはほとんどなくなった。

<ロマン派の女性たち>

ドロテーア・シュレーゲル(1763-1839)

ヘンリエッテ・ヘルツ(1764-1847)

ラーエル・ファルンハーゲン・フォン・エンゼ(1771-1833)

カロリーネ・シュレーゲル(1763-1809)

四　幼なじみの友　ドロテーア・シュレーゲル

（一七六三—一八三九）

モーゼス・メンデルスゾーンの長女。若くしてユダヤ人銀行家ジーモン・ファイトと結婚、後にナザレ派の画家として知られる二人の息子、ヨハンおよびフィーリップを得る。一七九七年、ドロテーアは、ヘルツのサロンでフリードリヒ・シュレーゲルと出会い、愛し合うようになる。一七九九年、彼女はジーモンと離婚、小さな部屋を借りて独立。同じ年、シュレーゲルが、ロマン派が理想とするところの精神と肉体の一致する愛を描いた小説『ルチンデ』を発表。大胆な性描写を含むとしてこの作品はスキャンダルとなった。一八〇一年、ドロテーアは小説『フロレンティン』（未完）を著す。一八〇四年、シュレーゲルと結婚してユダヤ教からプロテスタントに、一八〇八年には夫と共にさらにカトリックに改宗。

ドロテーアは私の子ども時代の遊び友達だった。彼女は、私の一年前に、私と同じく非常に若くして嫁がされたのだった。メンデルスゾーンは、彼がドロテーアの夫にと決めた銀行家のファイト[69]という男の中に、後に発揮されることになる優れた特性の芽をすべて鋭く見てとっていた。しかし、娘にとってはそのような未来への見通しだけでは十分ではなかった。そして、もし父親が、彼ができたように、娘もその男を評価できるだろうと思っていたとしたら、彼は間違っていたのだ。いったいどうして、十七歳位の、活発で燃えるような想像力に恵まれた娘が、彼女とその年長の兄弟たちのために特別にあの『朝の時間』[70]を書いた、あの優秀な父親に教育され、そして最高に洗練された、最も知的に優れた人々が訪れる家で育てられた娘が、当時はまだ限られた教養の持ち主で彼女には単なる俗物的な商人としか見えず、しかも外面的な長所によって何らかの埋め合わせさえしない男性を愛するはずがあるだろうか。というのは、ファイトは、顔も美しくなく、姿も見栄えがしなかったのである。この人の高い道徳心が際立ち、その本当に気高い考えが形成され、人生の最期まで衰えることのない、精神的な教養を求める努力が見られるようになるのは、後になってのことだった。ドロテーアは結婚を承諾したとき、彼を愛しておらず、その後も決して彼を愛するようにはならなかった。彼女が彼の真価をみとめたときも、彼女はただ彼を尊敬するようになっただけだった。ドロテーアの若々しい命は、花咲こうというときに、折りとられたのだった。

彼女の結婚の後、私は彼女を見かけなくなっていた。私の結婚の何日か後に、私は道で彼女に偶然に会ったのだった。少しの時間に私たちは多くのことを話した。私の心は痛んだ。彼女が幸福ではないことがそのとき私にはわかったのだった。

とは言え、いかに彼女が結婚生活に内的な満足を抱いていなかったにせよ、夫以外の男性への愛情に心を奪われる余地が彼女にそもそもあったとするのは、まったくの間違いだろう。同様に、彼女たち夫婦の外面的な生活には不仲というイメージがまったくなかった。けれども、彼女は憔悴しており、私には彼女が非常に不幸に見えたので、後になって自ら彼女と夫との離婚について話をした。しかし、彼女はこの提案を断固として退けた。どんなことがあっても絶対に彼女の大切な人に、つまりまだ存命だった彼女の父親のことだが、この離婚という行為がもたらすだろう心痛を与えたくなかったのである。しかし、後に画家となるヨハンとフィーリップ・ファイト[71]の二人の息子の誕生でさえも、この夫婦の関係をより気高いものにすることはできなかった。

このようなときに、フリードリヒ・シュレーゲル[72]がベルリンに来たのだった。彼を私に紹介したのはライヒァルト[73]だった。そして、彼は私のところで将来の妻に初めて出会ったのだ。最初の偶然の出会いのとき、会ってすぐに、彼女は彼に衝撃的な印象を与え、それは私の目にも明らかなほどだった。そして間もなく、この感情はお互いのものとなった。と言うのは、シュレーゲルは実際、愛すべき男性と呼べる人であり、彼が気に入られようと思えばどの女性にも気に入られたに違いないからだ。

こうなっては、離婚は本当に避けられないものとなった。一度も愛したことのない夫よりも才気に満ち輝かしい容姿の他の男性で心が一杯になっていては、結婚の絆が続くことは、ドロテーアにとって心底苦痛となったことだろう。しかも以前に離婚という考えを退ける原因だった障害ももはやなかった。彼女の父親はかなり前に亡くなっていた。夫婦二人の心からの友人として、離婚に関する交渉をするには私が一番適切な人間であり、私は二人のために実に難しい仕事を引き受けたのだった。

ファイトは、最初は離婚について聞く耳を持たなかった。夫婦の間の外見上はまったく睦まじい、そう、友好な関係によって、彼は自分の妻の内的な不満足にほとんど気づいていなかった。私は彼に彼女の内面を見るよう目を開かせる必要があった。そして、このことが彼の最終的な同意をもたらしたのだった。その際に、彼は彼女に対してきわめて寛大に振る舞った。というのは、彼女は父親の財産を譲り受けていなかったのだ。ファイトは、恩着せがましいところを少しも見せずに、長男を彼女の手にゆだね彼にかなりの額の年金を支払うことによって、この問題を取り計らった。彼は後には、母親としての切なる願いを聞き入れて、長男に続けて次男も、私の記憶によると、ボンへと向かわせたのだった。彼は、あの本当に恵まれた才能を持っていた以前の妻への豊かな思いやりの気持ちを決して失わなかった。後にファイトは彼女と何回か会っており、そのうち一度はドレスデンで会っている。また、たとえばウィーンでのときのように、シュレーゲル夫妻がまさに窮地に陥っているとき、彼らは、そのお金の出所を知らないまま、彼からかなりの額の援助を受けている。

この新たな結婚は、ファイトとの離婚から時を置かずにとり行われることはできなかった。ドロテーアは、当時は周囲にまだほとんど建物が建てられていなかった、かなり町外れのツィーゲル通りの住まいに引っ越し、独立して暮らした。シュレーゲルが彼女のところに住んでいたかどうかについては覚えていないが、しかし、彼は彼女の家で食事をし、ほとんどいつも彼女のもとに居た。つまり、彼の文学活動は当時まさに重大な局面にあり、彼は彼女の目の届くところで、彼女の助言を受けて執筆するのを好んでいたのだ。このような関係が慣習に反するものであったのは、否定できなかった。そもそも女性の場合、慣習に反することはほとんど風紀を乱すことと同一視されるとすれば、悪意ある世間は、風紀が乱されることが予想される何らかの機会がありさえすれば、そこに不道徳なことを勝手にかぎつけて喜ぶものである。この二人の関係が大きなセンセーションになったことは、確かなことだ。私の夫も、私が幼なじみとの付き合いを止めることを望んでいたと思う。しかし、私は、家では彼が主人だが、家の外での私の付き合いについては、これからも自分自身の意見にしたがうことを認めてくれるように願っていること、そして、私は大切な女友達をかくも困難な状況で見捨てはしないだろうことを、はっきり彼に言ったのだった。シュライエルマッハー[74]もまた、二人との付き合いに何の抵抗も感じなかった。ちょうどこのとき、彼はドロテーアともシュレーゲルともよく会っており、シュレーゲルとは、プラトーンの翻訳を一緒に進めていた。この翻訳については、後にシュライエルマッハーが一人で続けた。ファイト夫妻の離婚については、彼は何の反対もしなかった。なぜなら、彼の当時の考えでは、愛のない結婚こそは、結婚の神聖さを汚すものだったからである。

しかしながら、シュレーゲルとドロテーアのこのような共同生活の最中にちょうど『ルチンデ』(75)が出版されたことは、友人たちの二人への関係を少々困難なものとした。というのは、すぐにきわめて不道徳であると非難されたこの本に関して、そもそもこの本は官能的な愛の理想を描いただけだったのに、二人のことをよく知らない人たち皆から、次のような主張がなされたのだった。シュレーゲルは、たとえ婉曲な書き方であっても、つまりはこの本にドロテーアとの関係を描いたのだと。これはまったくのところお笑い種だった。ドロテーアには、官能を刺激するようなところはみじんもなかった。彼女の美しいところは、好意にあふれた感情と燃えるような精神が輝き出ている目だけであり、その他はどこも美しくなく、顔も姿も美しくなかった。たとえ器量の良くない女性でも形のよい手や足を持っていることがときおりあるが、彼女は手や足でさえ美しくなかった。『ルチンデ』については、私たち二人にはおそらく面倒なことになるでしょう」とシュライエルマッハーは、この本の出版の後に手紙をくれた。「牧師の親友がこのような本を書いて、しかもその牧師が彼と絶交しないとはけしからんというわけです。私はあなたと同じようにするつもりですし、いままでもお互いのやり方で、そうしてきましたね」。つまり、彼はうわさ話は気にしないと言っているのだった。

ドロテーアは、当初はこの本に関してまったく不満足だった。彼女は『ルチンデ』では内面的なことすべてが暴露されている」ことを非常に嘆いていた。シュライエルマッハーもまた、この本にはすぐには入り込めなかった。彼は、出版の後ですぐに、「とは言え本当は『ルチンデ』に関する適切な考えを持っていないのです」という手紙を私にくれた。しかし、間もなく彼はその適切な考えを得たのであり、しばらくすると、大勢の読者の側でほとんどの場合意図的に作り出されていたこの本についての誤解に対して、また、俗物的と思われることすべてに対してそもそも彼が抱いていた反骨精神が、彼をしてこの本に関する考えを『ルチンデに関する書簡』[76]で世に問わしめたのだった。とは言え言い添えておきたいが、これらの手紙の何通かは、彼が書いたものではなく、彼が当時非常に親しくしていたある女性、つまり当地の牧師グルーノウの妻[77]によるものであった。

告白してしまえば、実は私はシュレーゲルと私の女友達が結ばれてから、彼女がゆくゆく幸福になるかどうか心配せずにいられなかった。つまり、私は間もなく彼には情が欠けているという確信に至ったのだった。私はこの確信を、友人に対してどこまでも献身的で思いやりにあふれたシュライエルマッハーに対する、シュレーゲルの付き合い方から得たのであり、この確信を私はシュライエルマッハーに口頭でも書面でもはっきりと述べた。彼は、友人に関する判断において果てしなく優しく、またシュレーゲル兄弟がよくしたように、人の気持ちにおかまいなしで友人が彼に接するときでさえも、常に人それぞれの個性を大きな気持ちで考慮したので、何の意見も言おうとはしなかった。結果を見れば、私が間違っていなかったのがわかる。私が思うに、私の女友達は、精神的な面で前の夫と比較すれば、二番目の夫の知的能力や詩人としての素質をいかにすばらしいと思ったとしても、彼女への優しい心くばりにおいて表された、前の夫の温かい気持ちをときおり痛切になつかしく思ったのだった。しかし、この痛みはその前の年月に比べれば、苦しいものではなかっただろう。というのは、彼女の残りの人生は、絶え間のない内的な浄化の過程であり、この結果として、彼女は自分自身に対してはますます高い要求をしたのだが、自分に対する付き合いに関する限り、他の人にはますます低い要求をするようになったのだ。

この恋人たちは、結婚によって彼らの絆を神聖なものとした後、まずイェーナへと向かった。この最初の旅行はさっそく、私の女友達に不愉快な日々をもたらした。というのは、この夫婦は、アウグスト・ヴィルヘルム・シュレーゲル[78]と彼の最初の妻、旧姓ミヒャエリス[79]に、親切とはとうてい言えないやり方で迎え入れられたのだった。その後は、彼らはしばらくの間ドレスデンで暮らし、そこで、私は彼女と再会した。それから、彼らはケルンでカトリックに改宗した後で、ボンに住んだ。その後、彼らはパリへ行き、そしてさらにウィーンへ行った。そこで、シュレーゲルは、職を見つけたのだった[80]。それは、いかに興味深い生活とは言え、落ち着きのない生活と言ってよいものだった。しかし、この生活はドロテーアに世界や人間や芸術に関する多くの新しいものの見方を与えた。そして、彼女はこの見方を、彼女の鋭利な精神にふさわしく、些細なものと不滅なものの区別をますますよく学ぶために、そして不滅のものだけをしっかり掴むために使ったのだった。

五　若き日の盟友　ヴィルヘルム・フォン・フンボルト

（一七六七―一八三五）

ポツダムの古い貴族の家系に生まれ、ベルリン・テーゲルの城で育つ。弟アレクサンダーと共に、一七八四年よりヘンリエッテ・ヘルツにヘブライ語を学び、ヴィルヘルムはヘンリエッテの道徳同盟の一員ともなった。ゲッティンゲンで法学を修める。フマニテート（人間性）の形成および研究と教育の一体化をめざす新しい大学教育の理念による「ベルリン大学」を創設（一八一〇年）。内務大臣に任ぜられ、一八一四―一五年、プロイセン代表としてウィーン会議に参加。一八一九年、検閲制度強化などを内容とする反動的な「カールスバート決議」に反対して大臣を解任される。言語学者としてサンスクリット、エジプト語、中国語、日本語などにも取り組む。どんな言語にも特有の世界知覚の仕方が根底にあり、これが言語共同体の成員すべてを刻印付けるとして、哲学的人間学の基礎を置いた。

フンボルト兄弟[81]の幼年時代はあまり楽しいものとは言えなかった。父親を早くに亡くしていたし、母親は病弱で、病状によって不機嫌に陥ることがしばしばであり、生き生きした会話にはあまり向いていなかった。子どもたちの教育係で、後に枢密顧問官や有能な役人として功績を残したクント[82]は、きわめて引きこもった生活をしていた母親の友人でもあり話し相手でもあったが、彼もまたまじめな人物で、彼の生徒たちの活発な精神にはあまりそぐわない教師だった。それでも毎晩子どもたちはその二人に何時間も付き合わなければならず、その時間は、特に溌剌として才気に富んだアレクサンダーにとってはこの上なくのろのろと過ぎる退屈な時間だったのだ。

兄弟に対する授業は早くからとても入念に配慮された。最も初期に彼らを教えた教師の中には、他の何人もの有名な人々の他にカンペ[83]やエンゲル[84]もいた。クント自身は彼らにあまり授業をしなかったが、とても謙虚な人で、のちに教え子たちが到達した精神的偉大さを自分の功績とはほとんど考えなかった。アレクサンダーが一八二七年から二八年にかけての冬にここベルリンで、様々な層から成る聴衆を前に、内容的にも形式的にも感嘆すべき講演を行い、聴衆全員がかつてないほど喜ばしい満足感に目を輝かせたとき、クントは私の耳元にこう囁いた。「このようなことを彼に教えたのは私ではありませんよ、本当にね」。

上に述べたような幼い頃の引きこもった生活環境も、ヴィルヘルム・フォン・フンボルトの、女性との交際に対する生まれ持ったいきいきした感受性を損うことはなかった。私と知り合って本当にすぐ、彼は私の友情を求めた。彼は当時およそ十七歳、そして私は彼よりわずか数年、年上だったに過ぎないが、女性であり人妻だった私は彼よりずっと大人だった。今日、私がこう言うと思い上がっているように聞こえるかも知れないが、当時私はまったくそういう意図はないまま、彼より一種優位な立場にあったのだ。私は彼をいわば世界へ導き入れ、そして彼は間もなく、そのほとんどがすばらしい精神と心の持ち主である私の女友達のすべてと親しくなった。

知人の輪の中から間もなくある同盟が生まれた。私たちは次第に、個人的な知り合いでなくても、共通の友人を通して、その人のまじめな努力と重要さが私たちに知られるようになった人をその同盟に招き入れるようになった。一種の道徳・学問同盟であるこの会の目的は、相互の道徳的・精神的向上と、行動的な愛の実践であった。それはどの点から言ってもれっきとした同盟で、定款や独自の暗号さえ私たちは持っていたのだ。私の手元にはまだ、後年ヴィルヘルム・フォン・フンボルトが手書きした何通かの暗号文が残っている。メンバーにはその他にカール・フォン・ラ・ロッシュ――あの優秀なゾフィー・フォン・ラ・ロッシュ[85]の息子――もいて、ゾフィー・フォン・ラ・ロッシュとはこの息子の縁で手紙をやり取りするようになり、それは何年にも渡る文通に発展したのであった。ドロテーア・ファイトと彼女の姉妹のヘンリエッテ・メンデルスゾーン[86]もいた。私達の個人的な知り合いではなかった人としては、カロリーネ・フォン・ヴォルツォーゲン[87]、テレーゼ・ハイネ[88]――有名な文献学者の娘で、後にあの不遇なゲオルク・フォルスター[89]、その後フーバー(90)の妻となった人物――、そしてカロリーネ・フォン・ダッヘレーデン(91)などがいて、この人たちとは思想や感情について手紙で意見を交換したのである。テレーゼ・ハイネと私のごく短い関係は、ヴィルヘルム・フォン・フンボルトによってゲッティンゲンから提起され、始まったものだった。その町で十七歳の青年は三歳年上の若い女性と出会い、非常に彼女を崇拝するようになっていたので、私が当時抱いていた強い確信からすれば、彼がそれ以後、彼女以外の女性のことを「わが恋人」と呼ぶようになるとは夢にも想像できないことだった。ところが何と三十年以上も後に（一八一九年）、私はシュトゥットガルトで、ヴィルヘルム・フォン・フンボルト夫人や子どもと一緒に、初めてテレーゼ・フーバーと個人的に知り合うことになったのである。――私はここでもう一つの奇遇について述べておこう。そのわずか八日後、私はフランクフルトで、もう一人、それまで個人的知己を得ることはなかったものの、かつて道徳同盟の仲間であった女性、カロリーネ・フォン・ヴォルツォーゲンに会ったのだ。彼女は私には、こう言ってよければ、テレーゼ・フーバーより好感の持てる女性であった。もっともこれは私たちの訪問によって、テレーゼ・フーバーの心にかつてのつらかった日々の思い出がいくつも沸き上がってきて、彼女を不機嫌にしていたせいかも知れないが。

私たちの同盟はかなり人に崇敬の念を持たれる会であったに違いない。ヴィルヘルム・フォン・フンボルトを私たちは会員にしようと思っていたのだが、ある土曜日の午前中、彼は私の母のところにやって来て——その日のことを正確に覚えているのは、土曜日の午前を私は母のところで過ごす習慣だったからだ——とてもかしこまった様子で、自分にはこの会に入る資格はないと思う、と言ったのだった。——だが私たちは、この若者がこのような反省の念と自分に対する厳しさを持ち、そしてひょっとすると私たちの道徳心の高さに対する尊敬さえ抱いていることだけでも、入会の資格は十分にあると考えた。——この会は後に、彼に結婚へのきっかけを与えることともなった。カロリーネ・フォン・ダッヘレーデンが私たちと交した書簡は、彼女の心情と志操を非常に心温まる、しかも機知に富んだ形で表現しており、彼女がヴィルヘルム・フォン・フンボルトにふさわしい女性であることを私たちに確信させるものだった。そこで私たちはヴィルヘルム・フォン・フンボルトに、テレーゼ・ハイネはすでにフォルスターと結婚していたことでもあるので、精神的知的に彼と同格であるこの女性と知り合いになるよう、助言したのである。彼は私たちの助言に従った結果、彼女が私たちの叙述にも勝って心に適う女性であることを知り、二人は結婚することになったのだ。

私たち同盟の仲間はお互いに親称（du）で呼び合っていた。しかしその中の何人かに関してはその後の人生の状況がお互いの関係に影響を現した。ヴィルヘルム・フォン・フンボルトが初めてその若い妻を伴ってベルリンに来て私に会ったとき、彼女は私に敬称（Sie）で呼びかけたので、ほとんど必然的な結果として後には彼女の夫と私の間でも du で呼び合う間柄は終わったのだった。

<シュレーゲル兄弟とフンボルト兄弟>

フリードリヒ・フォン・シュレーゲル
(1772-1829)

アウグスト・ヴィルヘルム・フォン・シュレーゲル(1767-1845)

アレクサンダー・フォン・フンボルト
(1769-1859)

ヴィルヘルム・フォン・フンボルト
(1767-1835)

六　ヘルツ家の友人　カール・フィーリップ・モーリッツ
（一七五七―九三）

北ドイツ、ハーメルンの貧しい家に生まれる。幼くしてブラウンシュヴァイクの帽子職人のもとにやられ、過酷な労働をさせられると同時に厳格な敬虔主義的教育を受ける。狭い世界を嫌い、旅芸人の一座に加わって出奔、挫折。エルフルトおよびヴィッテンベルクで神学を学ぶ間に、イギリスに徒歩旅行し、旅行記を著して名をなした後、ベルリンのツム・グラウエン・クロスター・ギムナジウムの教授職を得てしばらく勤務。しかし一七八六年、この職場を擲ってイタリアに出発、一七八八年まで滞在、ここでゲーテの知己を得る。その後、ゲーテを頼ってワイマールに。ゲーテおよびワイマール公カール・アウグストの紹介で、一七九〇年から美学の教授としてベルリン・アカデミーに招聘される。多方面に亘る多くの著作のうち、自伝的小説、『アントン・ライザー』（一七八五―九〇）、神経症や狂気の記録を集め、後の心理学の基礎を置いたとされる雑誌、「経験心理学」十巻が名高い。

モーリッツは正真正銘、我が家の友人だった。亡くなってもう久しいにもかかわらず、彼のことは非常に鮮明な記憶に残っている。彼は確かに天才肌だったが、病気がちでヒポコンデリー気味の人間だった。このことは彼の人となりの判断に際して十分考慮に入れられてこなかったであろう。自分自身の本性に背いて彼が生きてきたように人は彼を描きたがるが、私はそう思わない。彼が表明したり、彼の行動に影響を与えたあらゆる感情は、いつも本心からのものであったが、その気持ちが変わりやすかったために、彼の行動はしばしば一貫性を欠くように見えたのだ。彼の心情は愛すべき子どものそれだった。しかし気持ちのままに流される性癖があり、そのために子どもっぽく見えてしまうことがままあった。社交の席は彼を通常は寡黙で生真面目な人間にしたが、何かが一旦彼の心を快活にするや、そのように笑う人間は見たことがないと思わせるほどよく笑った。つまらないことでも彼にとって新奇なもの、たとえばなにかの道具だとか、家具などでも、彼に驚きや喜びを大声で表明するきっかけを与えることがあった。そんなとき、「ああ、これはいい。こんなものが持てる人間はうらやましいもんだ」などと、叫び声をあげているのを聞いたことがある。

若くて上品で、身のこなしも言葉使いも洗練された知識人や、私たちのお茶会に集う才気あふれる淑女たちに誰彼が与える感銘や魅力を、のっぽで身のこなしもせっかちなモーリッツが与えることはむろんなかった。しかしそれだけに、何かに心を動かされ、何かを言わなくてはいられなくなって口を開くときの彼の生き生きとした様子は、大きな、忘れがたい印象を残した。その意味で私は、英国での徒歩旅行から帰って間もなく私たちを前に彼が語り、またその後、旅行記として彼が公にすることともなった、ダービーシャーのピーク頂上の描写を[92]、決して忘れることはないだろう。彼の朗読の術も抜群だった。当時の私たちの読書会ではほぼ毎年一回、レッシングの『ナータン』[93]を、役を割り振って朗読していた。モーリッツはテンペル騎士のせりふを読んだのだが、あれほど見事な朗読はそれ以来聞いたことがない。

ヘルツが彼と共に、後に有名になった転地療法を試みたとき、私はもう結婚していた。モーリッツの状態は単なる思いこみの病気などというものではなかった。彼は事実病気だった。ただし危険な容態ではなかった。しかし、自分は死の生贄になるのだという妄想が熱を引き起こし、それが彼を憔悴させていた。モーリッツを愛していたヘルツが彼の容態を気遣っていた様子は今でもありありと思い浮かべることができる。「ああ、モーリッツを助けることができたら！」と彼はあの夜叫んだ。しかしある朝、患者たちの往診に出る準備をしていたヘルツは、夜の間によいことを思いついた、そもそも何かが助けになるとすれば、これでモーリッツを救うことができるかも知れない、と私に打ち明けた。何か薬が見つかったのだろう、と私は思った。夫とは仕事上のことも話し合う仲だったので、その薬の名前を教えるよう頼んだ。「それはやめておこうか」と彼は言った。「その効き目が現れたらすぐに君に知らせよう」。

彼がモーリッツのもとへ行くと、熱はいっそう高くなっていた。ベットの中で転々と体の向きを変えながら彼はいつものように医者に言った。「じゃあ、私は死ななきゃならないんだね、他でもない、この私が？　助かる術はないというのか？」――「ああ、ないね」とヘルツは答えた。「もう隠しておくのはよそう。不可避なものは従容として、もっと言うならば、晴朗な気持ちで受け入れるのが、男たる者、とりわけ賢者たる者にふさわしいのではないかね。」ヘルツはこんな風に毅然たる態度でモーリッツに対し、あくまで患者の死は確かなものという前提で話し続けたのだった。ヘルツは宗教的な理を持ち出すことはもちろんできなかった。というのも、無神論者という者がいるとすれば、モーリッツこそがそれであり、啓示宗教を引き合いに出すときほど彼が劇昂することはなかったからだった。

ヘルツが翌朝その患者を尋ねてみると、初めて彼は静かにベットに横たわっていた。しかもそのベットは花で飾られていた。――「で、具合はどうです」とヘルツは尋ねた。――「ご覧の通りですよ」とモーリッツは答えた。「覚悟を決めて、いや、それどころか魂の落ちつきをもって私は死を迎えるつもりです。死が私の中に臆病者を見出すことはありませんよ」。「立派だ」とヘルツは答えた。「あなたならきっとそうだろうと思っていましたよ。この姿をあなたの死後もずっと記憶に留めておくことにしましょう」。彼は患者の脈を取った。熱は大幅に下がっていた。モーリッツが死に赴く賢者の心の落ち着きを持って過ごした三日の後には、熱はまったくなくなり、ほどなく病人は完全に健康を取り戻した。

ゲーテはモーリッツに絶えず活発な関心を寄せていた。ゲーテは若いときから非常に重要な人物以外にはこのような関心を寄せることはなかった。彼らはローマでも行動をともにすることが多く、ゲーテの筆によって有名になったあの悲喜劇(94)、つまり、二人を近づけることになった例のロバに乗っての散歩の途上、ある店に入ろうとしたモーリッツがロバから落ち、足を骨折したあの事件以来、ゲーテはきわめて懇切にモーリッツの世話をしたのだった。ローマにおいてモーリッツがゲーテと親しい交わりを持った時代のことは、私がかの地に過ごしたとき、すなわち三十年経た後も、ゲーテとモーリッツについての記憶は消え去っていなかった。当時の話にはたいてい二人の名前が一緒にあげられ、チボリの民宿「ジビラ」の女将が彼らについて色々と話してくれたのをとりわけ覚えている。

モーリッツが彼の花嫁、旧姓マッツドルフ(95)を私の家に連れてきて紹介した日のことが昨日のことのように思い出される。紹介が済むや、モーリッツは手招きして私を隣室へ呼び入れ、そこで生真面目なそっけない調子で尋ねた。「ね、そうお思いになりませんか、あいつに関しちゃあ」、そう言って彼は花嫁のいる部屋の方を指で示し、「私もずいぶんと馬鹿なことをしでかしたものでしょう?」この問い自身、彼がなるほど馬鹿なことをしたことを物語っている。なぜなら、そのような前提条件で結ばれた婚姻がよい結果をもたらすはずがないからだ。この問いは、その調子、時と場所のゆえに非常に滑稽で、この問いを発している人間への関心は真摯なものであったにもかかわらず、私は笑い出さずにはいられなかった。その後、この女性は、シローとかジューローとかいう男と――名前は正確には思い出せない――この男は社交界ではどう振る舞うべきか、というマナーの本を著し、どうやらそれをモーリッツ夫人を相手に実行して見せた後、二人で姿をくらませてしまった。モーリッツは二人の後を追い、行方を突き止めた。その村だか、小さな町だかに到着するや、モーリッツは宿で二人のことを尋ね、くだんの男がその家にいることを聞き出した。人々が匂わせるところによれば、男は逆さにした樽の中に身を潜めているらしい。モーリッツは樽を蹴り、「女房を返せ、さもないと打つぞ」と怒鳴った。ピストルに銃弾が込められていなかったことを知らない、震え上がった誘惑者は女の隠れ家を白状した。モーリッツは妻を家へ連れ戻したのだが、信じられないことに、この夫婦はその後結構仲良く暮らし、妻はモーリッツが肺炎になって床に伏せったときも最後まで夫を看病し、ついには感染して同じ病気で亡くなったのだ。

七　サロンの精神的支柱　フリードリヒ・ダニエル・シュライエルマッハー（一七六八―一八三四）

ブレスラウに牧師の息子として生まれ、一七八七年よりハレ、およびベルリンで神学を学ぶ。一七九〇年、ベルリン・シャリテ付属教会の牧師となり、この頃からヘルツ夫妻の家に出入りし、ヘンリエッテのサロンの主要な客となる。ここでフリードリヒ・シュレーゲルと親しくなる。シュレーゲルは一七九七年には彼の部屋に移り住み、二人は共同でプラトンの著作のドイツ語訳に着手、シュレーゲルが他の分野に心を移した後はひとりで仕事を続けてこれを完成。一七九九年、『宗教論』を発表。シュレーゲルの『ルチンデ』が世の不評を買ったときは、『ルチンデに関する手紙』を著し、ロマン派の道徳観念を擁護した。一八〇二年、宮廷牧師としてシュトルプに赴任中、ハレ大学神学部教授として招聘を受ける。一八〇七年、ハレからベルリンに移り、ベルリン大学創設に貢献、初代の神学部長となる。

私がシュライエルマッハーと初めて知り合ったのは一七九四年頃で、その当時、彼はまだ、ゲディケ[96]の指導する学校教師養成所[97]に勤務していた。彼を私のところに連れて来たのはアレクサンダー・ドーナ伯爵[98]であった。しかしこの最初の出会いは短く、表面的なものに留まった。というのも彼は間もなく副牧師としてランズベルク・アン・デア・ヴァルテに赴任し、ここに二年滞在したからである。彼がそこから帰った一七九六年、私たちの結びつきはより緊密なものとなった。シュライエルマッハーは当時シャリテ[99]の牧師で、シャリテの建物の中に住んでいた。シャリテ周辺はまだ荒涼として他に建物といってなく、道さえ舗装されていなかった。にもかかわらず彼は、当時ケーニヒス・シュトラーセの近くのノイエ・フリードリヒ通りにあった私どもの家に毎晩のようにやって来た。冬の夜など彼のところから私たちの家への道、そしてとりわけその帰り道は容易なものではなかった。ところがその道がもっと遠く、もっと難儀で、それどころか冬の夜には安全が危ぶまれるほどのものになったのは、シャリテの建てかえの間、シュライエルマッハーがその住まいを今のオラーニエンブルク・ショセーに移したときであった。この通りは当時まだ明かりもなく、沿道にはごくわずかの家がかなりの間隔をおいて建っているだけだったのだ。彼はしかし、私の夫と私に対してすでに非常に親密な感情を抱いており、私たちの側からも彼に心からの友情を寄せていることを知っていたので、彼に我が家への夜毎の訪問を差し控える気にさせる障害物は何もなかった。夜道の安全を気遣う気持ちから私たちは彼にカンテラを進呈した。それは上着のボタンのところに引っかけてとめるように作られていて、これがすっかり気に入った彼は、私たちのところへ来る道はともかく、帰りは必ずこのカンテラを下げてその小さな体を家へと運んだのであった。シュライエルマッハーの知名度、名声は、その頃はまだ大して高くなかった。彼の文筆活動はようやくその頃、英語の説教をドイツ語に翻訳するという形で始まったばかりで、このような仕事は彼を有名にするようなものではなかった。にもかかわらず私の夫も私も、早くから彼の偉大さを認識していたと言える。

フリードリヒ・シュレーゲルがベルリンにやって来たとき、私はさっそく彼とシュライエルマッハーを引き合わせた。二人が親しくなることは双方にとって有益であると確信していたからである。シュレーゲルも、どれほどの知の宝庫がこの新しい友人の小さな体に隠されているか、すぐ気づいたのであろう、二人の関係は間もなく非常に親しいものになった。シュレーゲルと私は彼のことを間もなくもっぱら私たちのビジュー（宝石）と呼ぶようになった。シュレーゲル兄弟が発行している雑誌「アテネウム」に寄稿するという形で独立した文筆家として世に出るよう、彼に勧めたのも私たちであった。これが、彼の手になるもので印刷されたものとしては最初の独創的著作であった。一七九八年の夏には、彼とフリードリヒ・シュレーゲルの間でプラトンの翻訳に関する約束が交わされたが、この提案をしたのはシュレーゲルの側であった。しかしこの仕事は、大部分はシュレーゲルの責任だが、シュレーゲルがベルリンを去り、シュライエルマッハーも宮廷牧師としてシュトルプに赴任することになったとき、まだほとんど進んでいなかった。この後シュレーゲルはシュライエルマッハーを完全に見捨てたので、シュライエルマッハーは葛藤や躊躇はありながらも仕事を一人で続ける決心をし、一八〇四年、ついに第一巻を世に出すことができたのだった。

シュライエルマッハーの最初の大きな、そして独立した著作は、『宗教論』(100)であった。彼がこれをポツダムで書いたのは一七九〇年の二月半ばから三月半ばにかけてのことである。彼のポツダム滞在中――それは五月まで続いた――私たちは毎日連絡を取り合い、『宗教論』執筆中、彼は、ほとんど手紙の度に私に著作の進捗具合を知らせ、また説教が一つ書きあがる都度、それを私に送って来た。私はそれをフリードリヒ・シュレーゲルや、私どもの共通の友人、ドロテーア・ファイトと一緒に読んだ。このようなやり取りが『宗教論』が検閲を経て印刷に付されるまでずっと続いた。シュライエルマッハーの希望で、私たちは、作品のできあがった部分に関していつも忌憚のない意見を述べたのだが、ところどころで彼とは異なっていた私たちの意見が、いささかでも彼に著作を変更させるようなことはなかった。というのも、彼は仕事に取りかかる前にしっかり自分の考えを固めていたので、人の考えに左右されるようなことは起こり得なかったのだ。大筋において構想はまとまっているものの、著作家であれば誰でも、筆が進むにつれて個々の点で余儀なくされることがあるそういうたぐいの変更だけが行われたが、それについても彼はその都度、私たちに知らせて来た。

シュライエルマッハーが内的、外的に活動した時代、いや、ひょっとしたら彼の本来の意味での発展時代と言ってよい一七九八年から一八〇四年にかけて書かれた、私宛ての彼の手紙は、この比類ない人物の精神と心情とを極めて生き生きと証するものである。私たちはベルリンに住んでいる間は毎日のように会い、離れているときは、手紙が、口頭でのやり取りに代わる役割を果たした。そしてこの頃、彼は長期に亘ってベルリンを離れていることがしばしばあり、中でも九二年を彼は、宮廷牧師としてシュトルプ(101)に過ごしたのである。彼がベルリンにいる間、私の方が夏の大部分を田舎で過ごすということもあった。こんなわけでたくさんの手紙が書かれることになった。自分を友人たちに伝えたい、いや、自分の感性や心情の最も細かい襞にいたるまでそっくり彼らに告げたい、という衝動が彼にはとても強かったのである。そしてそれに劣らず彼が必要としていたのは、友人たちの消息や愛情の印であった。彼は、ひとたびある人間の自分への友情を確信するや、私なども そのよい例であるが、その人間を実際の価値以上に評価し、大切にした。私宛ての彼の手紙の一節は——ほとんどいつも彼の手紙がそうであるように、深い感情がこもるにもかかわらず、独特のユーモアの混じるものであるが——今述べた意味において、この人物の特徴を遺憾なく表現する。「ああ、友よ」——こんな調子なのだ——「お願いです。まめに私に手紙をください。手紙こそは、孤独の中では生きられない私の命を支えてくれなくてはなりません。まったく、私ときたら、この世で最も依存心が強く、独立し得ていない生き物なのです。私は愛を求めて、自分の根という根、葉という葉を伸ばします。愛に直接触れていないと生きていられず、愛を目いっぱい吸い込んでいないと、私はすぐに乾いて萎れてしまうのです。これが私の本性で、これを直す手だてはなく、そんな手だてを欲しいとも思いません。」

これがこの人の本当の姿である。彼はときに愛情の欠ける人間と責められることがあったが、それは論争において、他のどんな形もふさわしくないと思われたとき、彼がときおり用いるイロニーのせいであった。このイロニーは、むろん事柄に対してのみ向けられたものではあったが、それでも論敵にとって愉快なものではなかったのだ。もっともそれが他の形をとったとしても、事情はあまり変わらなかったであろうけれど。

シュライエルマッハーと私のように頻繁に会っていた人間は、家の外でもよく一緒にいるところを人に観察されていた。その際、背が高くて、当時はかなり豊かな肉付きを誇る女性であった私と、小さくて痩せていて、つまりは貧弱な体格のシュライエルマッハーとの対照には、どこか滑稽なところがあったのだろう。そのため、ベルリン人の機知は、当時はまだ珍しいものであった諷刺的表現である、ひとつの戯画となって結晶した。それはつまり、私がシュライエルマッハーと散歩をしている絵で、当時よく用いられていた小さな折り畳みの日傘の形をしたシュライエルマッハーを私が手に持っていて、そのシュライエルマッハーのポケットから、さらに小さな折り畳み日傘が顔を出している、というものであった。この戯画が私たちの目に触れないことはあり得なかった。

だがベルリン中でこの絵を見てシュライエルマッハーと私ほど笑った人間はいないと思う。この絵の機知は実になかなか秀逸なものだったのだ。

私たちの親密さを知っていて、その中に友情以外の感情を想定していた人たちもいなかったわけではない。しかしこれは間違いである。互いの関係について、シュライエルマッハーほど率直に語り合える人間は他にいなかった。彼が本来求めていたのは、互いの関係について自分にも他人にもはっきりさせ、現実にあるがままの形で美しく適正であるような関係を大切にし、何らかの誤解がこれを曇らせたり損なったりすることがないようにすることだった。私たちは実際、友情――ただしそれは非常に細やかな友情であった――以外の感情を持たないこと、持つことはあり得ないことについて、しばしば話し合った。奇妙に思われるかも知れないが、私たちは手紙で、お互いの関係が友情以外のものとなることを阻む理由を数え上げ、議論し合ったのである。

シュライエルマッハーは、刺激に富む知的会話を非常に愛しつつも、彼と同等の知的レベルにない人、それどころか知的にはまったく重要でないような人々とも喜んで交わった。それは彼が心の底から善意の人だったからである。どことなく温かい人間というだけで、彼の心を強く引きつけるには十分であった。それゆえに彼の人付き合いは膨大なものとなり、彼の時間を奪ったので、ひょっとするとそのことが唯一の原因で、シュライエルマッハーは自分の講義を印刷して本にする時間が持てなかったのかも知れない。あるいは自分が仕事をしたいときに仕事ができる環境にあり、事実いつでも集中して仕事ができ、どんな仕事も楽々と快適なテンポで進んだので、それだけに、実際持ち得た以上に時間があるような気がしたのかも知れない。招待を受けて断るということはまずなかったし、同様に、自分の家に人を招くこともよくあった。むろん彼は、たっぷりとした夕食や夜会を楽しんだ後、しばしば夜遅くなっても、すぐ机に向かって仕事をし、たちどころに深い瞑想にふけることすらできたのである。翌日説教をしなくてはならないときには、客室に客をくつろがせたまま、十五分ほど、ストーブのところに立ってひとり考え事にふけっていることがあった。彼をよく知る友人たちは、彼が説教のことを考えていることを知っていたので、その邪魔をしないようにしたものだ。しばらくするとしかし彼はまた談話の中心に戻る。小さな紙片に彼はおそらく鉛筆で何かメモをしていたに違いないが、説教の前に彼が書き留めるのはしかしこれだけだった。見受ける限りでは実にそそくさとした準備をしただけで、彼は翌日、思想に富み、感情にあふれた説教をすることができたのである。

彼ほど、その精神の力を肉体に及ぼすことができた人は他にいなかった。死の床にあって、あと数時間しか生きられないことを知りつつも彼は、彼は自分の内面を満たす至福の状態を語ったが、それは、愛している人々に対して、自分は人の目に見えるほど苦しんではいないことを伝えたいという強い意志から出たものでもあった。彼の未亡人が書き留めているシュライエルマッハー最後の日々の物語は、今際の息を引き取る瞬間まで人を愛し、自己の価値を認識し、明晰な精神を保って深く自足していた、偉大な人物の崇高な姿を伝えるものである。

八　人気作家　ジャン・パウル（一七六三―一八二五）

一七八一年、ライプツィヒで神学を、次いで哲学を学び始めるが、学資が続かず、断念。一七九〇年から一七九四年まで、自ら創設した小学校の校長を務める。母の死（一七九七年）後、ライプツィヒ、ワイマールに滞在、ここでヘルダーと交友。『見えないロッジ』（一七九三）、『ヘスペルス』（一七九五）出版。一八〇〇年、ベルリンを訪れ、ここでヘルツやシュライエルマッハーと知り合う。この年、小説『巨人』を発表。一八〇一年、カロリーネ・マイアーと結婚、彼女と共にバイロイトに移り住む。ゲーテ、シラーからは疎まれるが、彼は当時最も人気のある作家のひとりであり、特に貴族・上流階級の女性の間に人気を博した。古典主義ともロマン派とも作風の異なる彼の作品は、風刺文学、ユーモア小説から教育小説にまで及ぶ。フモールの定義で知られる『美学入門』（一八〇四）などもある。

私がジャン・パウル[102]と知り合ったのは、彼が一八〇〇年の春に初めてベルリンに短めの滞在をしたときであった。彼が当時住んでいたのは、かなり胡散臭げな料理屋、というよりも喫茶店と言うべきか、いや、あの俗に言うところの「居酒屋」という呼び名があの手の店には最もふさわしいかも知れない。この、世間の思惑にまったくとらわれない彼とそのとき同居していたのは、ゾフィ・ベルンハルト、旧姓ガート嬢であった。彼女は後に、サセックス公の主治医であったドーマイアー氏と結婚したが、彼女がドーマイアー氏と知り合ったのは、彼がサセックス公のお供をしてベルリンに赴いた際であった。ゾフィ・ベルンハルトは、賢くとても気立てのよい女性で、どう見ても美しいとは言えないまでも、大変に感受性が強く、とりわけ作家たちに寄せる気持ちには、並々ならぬものがあった。彼女が豊満な胸に恵まれていたために、ベルリンでは戯れに「彼女は学者連中を胸にかき抱くのさ」と噂されたものである。

　リヒターはベルリンではいつも、住居に関して選り好みするということがなかった。一度など、私が住んでいたノイエ・フリードリヒ通りの家の中庭に面したかなり粗末な一部屋を借りた。だがそのような部屋にいてすら、とりわけ高貴な婦人たちがその門口に車で乗り付け彼を訪問するのであった。ことに頻繁に彼を訪れたのは、ゾフィの友人の一人でもあった、かの有名なシュラーブレンドルフ伯爵夫人[103]であった。そもそも、女性たちから、それも極めて地位の高い女性たちからさえ、彼がどれほどの関心を寄せられたかは、とても言い尽くせないほどである。彼女たちは、彼が自分の作品中で一心に彼女たちを描き出そうとし、その心や感情の一番深い襞にまで入り込もうと努めたことに対し、恩義を感じていた。しかしながらことに感謝の念を抱いたのは、教養の高い女性たちと高貴な出の婦人たちである。それと言うのも、このような女性たちを彼は、実際にそうであるよりもはるかに意味を持たせ理想化して描いたからである。そのようなことになったのには、次のような理由がある。すなわち彼が最初にそのような地位の高い女性たちを描いたとき、実は彼には一人としてそのような知己がおらず、その豊かで善意あふれる想像力を自由に羽ばたかせたのであり、また一方で彼が後にその知己を得た実際のこの階級の女性たちは、この自尊心をくすぐる思い違いを彼にそのまま持たせるべく、そしてできる限り理想化した形で彼の目に映るべく、ありとあらゆる手段を講じたのである。かくして彼は、後にいくら多くの女性たちに出会ったにせよ、実際にはこの地位の高い女性たちを一度として本当に知ることはなかったし、それどころか、知り合った女性たちに関しての彼の評価は、ある意味でいつも誤っていた。それは、彼が、重要なことをとるに足らぬと見なしたというようなものではなかったが——むしろその逆であったことがあったろう——彼には彼女たちの個性を作っていた数々の性格についての認識が最も欠けていたのである。それというのも、彼女たちの誰一人としてその本来の姿を彼に見せた者はなく、ほとんど全員が自分の最も輝かしい側を彼に向けたのであり、そのような側面はめったに彼女たちの本来の姿を示すものではなかった。このような事情により、私自身がそうであったように、彼に対して実際の自分自身以外の何者をも示そうとしなかった数少ない女性たちに関する彼の判断も混乱した。彼がよく私たちの家に来たことを思うと今でも嬉しいが、その一方で腹立たしいことに、私が見たところ、彼が私の中に認め評価していたのは私の博識であり、彼は勝手にそうであろうと決め付けていたらしいが、実はそれこそ私が実際には持ちもしなければ持とうとも思わなかった長所なのである。

ベルリン社交界は彼を特別扱いしたが、彼の側でもベルリン社交界を非常に高く評価していた。特に彼の気に入ったのは、この社交界内部では、ありとあらゆる階層が混じり合っている点であった。そしてもちろんこの点において、この社交界は、それまで彼が主だって知っていた当時のザクセン社交界と著しい対照を成していたのである。

ところで、彼の書き方から彼の話し方を結論してはならない。彼がしたためた、ほとんどどの小さいメモ書きも彼の書くスタイルをとどめているがために、私たちは彼の話し方もそのようなものであると思いがちである。しかし、彼の話し方は、簡潔にして明瞭、整然として、ふざけるようなことはまずほとんどなかった。その際彼は相手の話を身を入れて聞き、自分自身が話すよりも相手に話させる方をずっと好んだ。――彼の中には、ことに友人たちへの深い気持ちが宿っていた。彼が友人エマーヌエル[104]について話すとき、私はいつも感動した。同じユダヤ人として、この友人に対して私が関心を持つであろうことは、彼にはあらかじめわかっていた。一八〇一年の秋にエマーヌエルはベルリンに来ようとしており、ジャン・パウルは私に手紙の中でエマーヌエルのことを、

「より高い意味で自分と信仰を同じくする者」と紹介し、エマーヌエルはベルリンに、「彼と信仰を同じくする者たちが集まるこの高度な学校」に、来ようとしているのだ、と書いた。このエマーヌエルは、ジャン・パウル同様優れた男性であったに違いなく、私はその知己を喜んだであろうが、彼は結局ベルリンに来ることはなく、手紙が送られてきた。

リヒターにとってその好意を得ることが最も喜ばしくまた虚栄心をくすぐることになった婦人たちの中には、何と、当時のプロイセン王妃ルイーゼ妃(105)とその妹君(106)も数えられた。妃は自ずからリヒターのためにサンスーシ宮殿内の案内を買って出さえしたが、その地位の高さゆえにリヒターに個人的には表せなかった好意は、やはりリヒターを贔屓にしていた彼女の弟君ゲオルク王子、現在のメクレンブルク・シュトレーリッツ大公(107)によって代わって表された。宮中の婦人たちの間では、ジャン・パウルについて賞賛をもって多くが語られたが、彼がプロイセンに居を定める意図を明らかにするや、王でさえ彼に宛てて内閣公式文書を発し、彼のプロイセン居住を喜ばしく思う旨を声明発表するほどであった。しかしながら後にジャン・パウルが王に僧禄を求めた際には、それは与えられることはなかった。結局のところ王にとっては、ジャン・パウルに対するこの熱狂は鼻につくものとなっていたのである。私の思い違いでなければこの話は王妃の友人の一人であるフォン・ベルク夫人(108)から聞いたのであるが、このとき王は次のように述べたとのことである。「このジャン・パウルとやらが賞賛されるのは聞き飽きた。確かになかなかよい小説を書いているのかも知れないが――それもファンにとってはの話で、私がたまたま手に取ったものは、私には少々まとまりに欠けるように思えたものだがね――それだってそれほどの功績とは言えないだろう。いったいこの程度の人物がこれほどの熱狂で迎えられるとしたら、偉大な政治家や祖国を救った英雄についてはどんな言葉をもって語れというのだ。いつもながらにご婦人方は、程度というものを知らない」。

私はジャン・パウルをシュライエルマッハーに引き合わせたが、ジャン・パウルは相手の人となりを非常に好ましく思ったようであった。また、彼にシュライエルマッハーの『宗教論』を読むようにと渡したところ、この本への熱狂的賞賛の言葉を書き連ねて送ってきた。後にシュライエルマッハーの説教を聴きにも出向いたが、これについても私に次のように書き送ってきたものである。「優れた説教でしたが、ただ、彼の『宗教論』の講話の方が十倍もすばらしいと思います」。

ジャン・パウルがシュライエルマッハーの著作に示した満足に比べて、後者が前者の著作に示した満足度は、かなり低いものであった。古典様式を重んじるシュライエルマッハーにとって、ジャン・パウルの無形式さは好ましいものではなかった。それのみならず、いくつかの作品の内容にも不満で、あれほどの賞賛を浴びた『巨人』[109]ですら非難の的となった。この作品が世に出た直後、私に次のように書いてきたものである。「実にすべてが古いことの蒸し返しで、物語やその装飾にも昔ながらの手法が見られ、恐るべき貧しさを露呈しています。登場人物たちでさえ、まったくのコピーとまでは言わないものの、そっくり古い範疇に属しています。それでも、このような作品ですら、『ヘスペルス』(110)と『ロッジ』(111)よりははるかにましではあるでしょう。その趣味の悪さの点でも、両者を上回っています。」——その後、補遺部分と『クラーヴィス』(112)を読んだ後で、彼はこう続けている。「とは言え、リヒターも徐々に賢くはなってきており、他の部分と交じり合おうとしない事柄を独立して表現するまでには至っています。しかしそれでいて彼はあくまでリヒターであり、そのような事柄もその他の部分の補遺とならねばならず、また、その補遺となった部分自身がその中でのまとまりを見せてもいけないというわけです。ただこの補遺をどうして滑稽で風刺的と呼べるのかは、理解し難いところです。唯一本当に滑稽なのは、彼自身への風刺、彼に本を作れと指図すること、すなわち、すでに始まっている物語の中に、誰かが言ったことを持ち込まねばならない物語ごっこです。ただし、この持ち込みが、ときにただそのように見えるだけであっても、読者は悪くはとりません。さらにまた彼は自分の冗談に注をつけることまで始め、そのような注で物語を終わらせさえしています。もし今さらに多くの女性たちが、彼の本は難しいと言おうものなら——それは避け難いことでしょうが——、彼はきっとこの種の改善をもっと多く行うでしょう」。

このシュライエルマッハーが一人の女友達につい洩らした短い感想を、ジャン・パウルの作家としての業績に対する彼の全評価を告げるものと見なしたら、それは誤りであろう。彼はジャン・パウルの多くを高く評価してもいた。彼にあっては、一時のこのような感想の中に、余すところなき批判を見ることはできない。

<シャードウによる彫像と習作>

ヘンリエッテ·ヘルツ、1783年。

おそらくヘンリエッテ·ヘルツの彫像作成のための習作。

フリードリヒ・ヴィルヘルム三世の妻、ルイーゼ王妃とその妹フリーデリケ妃の彫像、1797年。

九　パリからの亡命者　スタール夫人（一七六六―一八一七）

スイスの銀行家でルイ十六世の経済大臣を務めたネッケルの娘としてパリに生まれる。百科全書派が集まる母親のサロンの雰囲気に囲まれて育つ。一七九二年、革命期の動乱の中でパリを脱出。一八〇二年、ナポレオンにフランスを追われ、ドイツに亡命、ここでシラー、ゲーテ、シュレーゲル兄弟の知己を求める。彼女の息子たちの家庭教師となったアウグスト・シュレーゲルを彼女は、文学における自分の助言者と仰いだ。一八一四年に彼女が著した『ドイツ論』は、フランス人のドイツ観に大きな影響を与える。社会的差別をテーマとする彼女の小説は女権論者としての名声を築く。

ジャンリス夫人[113]とはまったく違うタイプの女性は、もちろんフォン・スタール夫人であった。彼女はフォン・ジャンリス夫人より五、六年後にベルリンにやって来て、私は様々な点で彼女を助けた。彼女のおしゃべり以上に生き生きとし、才気に満ちたおしゃべりは考えられない。もっとも一方で、私たちはその際彼女の精神のきらめきに攻められ続け、それはほとんど耐え難いほどでもあった。さらに彼女が質問するときも、答えるとき同様に活発であった。そもそも彼女の質問はものすごい速さで矢継ぎ早になされるので、こちらは、ほとんど満足するような返答を与えられないほどであった。知識を増やすことへの彼女の尽きぬ渇望は、彼女に一時の安らぎも与えなかったが、一方で、学問の深みから立ち昇ってくる極めて繊細な精神をも、その表面を飛翔しながらかすめ取ろうとする彼女のやり方は、彼女がベルリンに滞在中にもすでに軽い嘲笑の的となっていた。王子アウグスト[114]は一度、私も同席していた折に、彼女に、もう全フィヒテ哲学をものにしておいでか、と尋ねたが、彼女はそれに対しきっぱりと、だが同時に、質問者の意図はわかっていることを告げるきつい調子で「まあもう少しです」と答えたものだ。

このフィヒテ哲学[115]であるが、彼女はこれで幾人かの善良なる人々を少なからず悩ませていた。——ある日のこと私はあの言語学者のシュパルディング教授[116]に出会ったが、数歩離れたところから彼はもう私に向かって「ああ」と呼びかけたものである。「明日は気が重い晩餐が控えているのです！——食事の間に、私自身にもよくわからない作品を、私には得意でない言葉に訳せと言われているのです」。詳しく聞いて見ると、彼は、一緒に食事をしながらフィヒテのある哲学書をフランス語で解説すべく、スタール夫人宅に招待されているそうであった。

私が彼女と知り合ったのも晩餐の席であったが、それはフォン・クアラント公爵夫人[117]宅であり、大変に面白い晩餐であった。と言うのもそれはごく内輪の集まりであって、彼女とヨハネス・ミュラー[118]以外にはルイ・フェルディナント王子がいただけであった。

以来私は、よく自分の家で彼女と会った。彼女は、アウグスト・ヴィルヘルム・シュレーゲル[119]と知り合うや、彼が自分と結びつき、人生を共に歩むようになって欲しいと心の中で強く望むようになっていたが、シュレーゲルが最初のうちこの願いに添おうとはしなかったため、彼女は私に、彼の気をこちらに向けるよう頼んだ。「あなたはあの人に影響力がおありですから！」と彼女は言ったものである。「私の息子と娘のドイツ語をみてもらうだけでいいのです。その他の時間はそっくり自由にしてあげます！——彼はシェイクスピアの翻訳を言い逃れにしていますけれど。私に言わせれば、何でプロイセンの首都でイギリス詩人を翻訳しなければならないのかわかりません！」と彼女は感情を露わにして叫んだ。

だが間もなく、彼をベルリンに引き止めているのは実はこのイギリス詩人ではなく、一人のベルリン婦人であったことが、彼女の知るところとなった。シュレーゲルは、旧姓ティーク、後にフォン・クノリング夫人となったゾフィ・ベルンハルディ[120]に優しい愛情を寄せていたのである。このことを知るやスタール夫人は、自分が知り合えるように彼の女友達を私の家に招くよう、私に迫った。ベルンハルディ夫人はフランス語を話さないし、あなたにはドイツ語の会話がわからないではないですか、と言い聞かせても無駄であった。「彼女が話すのを見ています！」と、彼女は感情を昂ぶらせて叫んだ。——こうして私は、スタール夫人の意図をできる限り隠すために、かなりの数の客を招待することになった。

それでも、もしベルンハルディ夫人がこの招待の意図に気づかなかったとしたら、それは奇跡でしかなかった。というのも、彼女が何か言うや否や、スタール夫人はシュレーゲルに、興味津々、「あの人は何と言ったんですか」と大声で聞いたからである。そして彼女の椅子の後ろに控えていたシュレーゲルは、いちいち通訳するはめになった。でも彼はその際に、恋人への忠誠から、できる限りの不実を尽くして訳したものである。というのも、ベルンハルディ夫人が、おそらくはスタール夫人の気に入らないであろう何かしらを言うと、彼は別のことにすり替えて通訳したのである。このようなやり取りはやがて、その場の皆の間にひそやかな笑いを誘い、私は、その理由がわからないスタール夫人にはこれが不愉快に思えてくるのではないかと、心配せずにはいられなくなった。そこで、事態がより気まずくなる前に、私は機会を捕らえて、冗談の調子でこの不実な通訳をくびにした。すなわちベルンハルディ夫人が、フランス語はまったく音楽的でない言葉で歌曲には最も不適当だ、と言ったときのことであるが、シュレーゲルは、例のスタール夫人の「何と言ったんですか」に答えて、フランス語のメロディ豊かな要素へのほとんど賛辞とも取れる発言にすり替えてこれを訳した。この時私は通訳の誤りを正して、スタール夫人の質問を終わらせたのであった。こうしてスタール夫人は、このベルンハルディ夫人に関しては、実際に、彼女が話すのを見ることで満足する結果となった。

　スタール夫人はベルリンに滞在中毎金曜日に夜会を開いたが、毎回女性は三人だけ招かれた。私はしばしばそこに招かれた一人になったが、このような夜会の最後のものを、私は特に機知に富み刺激的であったと記憶している。その時の集まりの三人の女性の参加者は、女主人を除けばフォン・クアラント公爵夫人、フォン・ベルク夫人、[121]そして私であった。この晩ことに才気と愛嬌があるところを見せたのは、ルイ・フェルディナント王子であった。そもそも彼は、最も愛すべき王侯貴族のうちの一人であった。彼が何をする場合でも、ある種の近衛兵的な威圧的態度がどこかにちらほらしていたのは本当であるが、それでもこのような態度も彼にあっては不愉快にはならず、ただある独特な色合いを与えていたに過ぎなかった。こうして彼はこの夜、これが他の誰かであったなら、物慣れて無神経な、いやそれどころか人を傷つけるようにも思えたやり方で私に対したが、彼にあってはそれも、こちらの気をよくする関心であると取れた。すなわち彼は私の手を取り、フォン・クアラント公爵夫人の前に連れて行きこう叫んだのである。「この女性をご覧下さい！この女性はその価値に見合うほどには愛されたことがないのです！」――確かにこの発言の後半部は当たっていた。私の夫がどんなに私に温かな気持ちを持っていたとしても、どんなに愛情を持って私の精神の成長を気にかけていたのであっても、どれほどの信頼を寄せて、私の人生を豊かにしてくれたあらゆる自由を私に与えてくれたのであっても、私が心に抱いていたような愛は、彼には無縁であったのだ。それどころか私がそのような愛を口にするや、彼は即座に子どもっぽいとして退けたのである。

その後すぐ、シラーがベルリンに滞在していた折、[122] 彼と私の間でたまたまスタール夫人のことが話題になったことがあった。彼は私の前では、彼女への反感を隠さなかった。もちろん、彼女の精神的な強みを認めるにはやぶさかでなく、この意味で特に、彼女がドイツ語において短期間に成し遂げた進歩には感嘆していることを私に告げた。ゲーテと彼が熟読するようにと彼女に渡した原稿を彼女が完璧に理解したことは、彼女がそれについて述べるのを聞いて明らかになったそうであった。しかしながら、シラーが理想とする女性的なものからは、彼女は当然のことながらあまりにかけ離れていた。この女性的なものが不足しているという点は、私に言わせれば、彼女の活発で性急な性格が実際そうであった以上に我々にそう思わせたのだろうと思うのだが、まさにこの点がシラーに彼女のことを悪く思わせた主な原因だったようだ。――彼女はイェーナで、お化け――家の中を歩き回る紙男とやら――が出ると言う評判の家に住んだことがあったが、何かしら手段を講じたため、彼女が滞在中そのお化けはまったく姿を見せなかったと言う話であった。この話はシラーから聞いたのだが、結論として彼は言ったものである。「しかしねえ、たとえ悪魔の仲間といえども、いったい誰が彼女と関わり合いたいと思うでしょうか。」

ヴィルヘルム・フォン・フンボルトは一七九九年パリに滞在中、[123]スタール夫人と多くの時間を共にした。ひょっとしたら他の誰と過ごしたよりも多くの時間を過ごしたとさえ言えるかも知れない。しかしながら彼を彼女に引きつけたのはやはり彼女の精神であり、彼も多少失望しながら、彼女に真の女性らしさが欠けていることを感じていた。けれどもパリの他の人間たちに彼はもっと不満で、彼らとの交際に比べれば、彼女のもとにいる方がよかった。当時パリで彼を喜ばせたのは、弟アレクサンダーに人々が示す尊敬――彼の世界的名声のもとを作った旅行に出発する以前に、当時すでに彼に捧げられていた尊敬――以外にはほとんど何もなかった。その内面を彼が完全に知り尽くしている一人の秀でた人間に皆が捧げた尊敬は、彼が当時パリの教会で見た礼拝よりもましなものに思えたものである。これらの教会については彼は、「道徳的な碑銘やら、石膏で固めた自由の像やらがあり、従われもしない祈りが読み上げられるのを聞きに十日ごとに集まるひとにぎりの神博愛主義者たちがいる教会」と書いている。こうして彼がまったく後髪を引かれることなく去ったフランスの国境のピレネー山脈で、目の前に姿を現した自然の神殿の中に、初めて彼は再び安らぎを見出したのである。そこから向かったマドリッドに寄せた彼の関心は、当時のパリの比ではなかった。彼はこの都市が所蔵する芸術品に酔いしれたが、特に夢中になったのはエスクリアール城内の作品であった。荘厳なるスペイン教会を満たしていた題材の多くには共感できなかったものの、それでもこの地の教会とそこを訪れる人々は、フランスでよりもよほどすばらしく、厳かな感動を彼に与えたのである。これについて彼は私に宛てた手紙の中でも、事細かに語ったが、それでも、コルンナから世界周遊の旅に出た弟と別れねばならなくなるや、彼は郷愁の念に駆られ、一時も早くスペインを去りドイツに帰りたくなった。彼は骨の髄までドイツ人であった。

だがここでこの帰国した貴い友人から、スタール夫人に話を戻そう。彼女は、アウグスト・ヴィルヘルム・シュレーゲルから自分が多くを得たことを間違いなく認めていたが、一方で、彼の側でも自分のもとでは居心地よく感じるだろうし、また自分のもとで共に送る生活は、彼にとっても刺激的で啓発的であるに違いないだろうとも信じていた。事実そうであった。彼自身の作品のうち、スタール夫人と知り合う前では『イオン』[124]が最後の、そしてまあ注目に値するものであったが、それでもそこには独自性や生き生きしたものが欠けていた。この女性と知り合って彼は再び自己を高めたのであり、彼が彼女と共に暮らしていた間に完成させ、あるいは構想を練ったものは、彼の最高の作品に数えられる。

十　最も敬愛する詩人たち

シラー（一七五九—一八〇五）とゲーテ（一七四九—一八三二）

フリードリヒ・シラーは一七五九年、マールバッハに生まれる。ヴュルテンベルク公カール・オイゲンの命で、軍アカデミーで法学を修め、一七七六年からは医学を学ぶ。一七八二年、戯曲『群盗』を発表、思想的過激さゆえに文学活動を禁止される。一七九五年からゲーテと生涯に亘る交友関係を結ぶ。一八〇五年のシラーの死に至るまで、二人は浩瀚な書簡を交わしつつ、共同してドイツの古典主義文学時代を築き上げた。古典主義文学とは、ギリシャの古典を範とし、精神的・肉体的にも調和の取れた人間を目指した文学。シラーは、『ヴァレンシュタイン』（一七九八—九九）、『メアリ・ステュアート』（一八〇〇）、『オルレアンの処女』（一八〇一）、『ヴィルヘルム・テル』（一八〇四）など多くの戯曲を残した。

ヨハン・ヴォルフガング・フォン・ゲーテは一七四九年、フランクフルト・アム・マイン生まれ。法学を修め、一七七三年、戯曲『ゲッツ・フォン・ベルリヒンゲン』一七七四年、小説『若きヴェルテルの悩み』、で華々しいデビューを果たした。一七七六年からカール・アウグスト公の助言者としてワイマール公国に招かれ、政務の傍ら、文筆・思索・自然研究を続けた。一七八六年から一七八八年まで第一次イタリア旅行、一七九〇年第二次イタリア旅行を経て古典主義の完成に向かう。小説『ヴィルヘルム・マイスターの修業時代』(一七九五)、『ヴィルヘルム・マイスターの遍歴時代』(一八二一―二九)、小説『親和力』(一八〇九)、戯曲『ファウスト第一部・第二部』(一八〇八、一八三二)など多くの作品を残す。美しい詩も多く書き、すでに生前から「天才」として周囲の人々から神格化され、ゲーテが住むワイマールは芸術の都として広く知られていた。

シラーが大多数の人間にゲーテよりも感じのよい印象を与えたのは、当然であったろう。外見の第一印象はそれでも、ゲーテの方に軍配が上がった。けれどもゲーテは、自分がたいして関心がない人々に対しては、その振る舞いがあまりにもそのときの気分に左右されており、自分に払われる敬意を、こちらからはほんの少しも応じる必要のない当然の貢物か何かのように思っているふしがあった。確かに、どこの誰ともわからぬような人間たちの無作法な好奇心が彼をしょっちゅう煩わせ、その貴重な時間を奪い、彼にもっと有益に時間を使えたのにと感じさせたことはあったろう。しかし私はときおり、誰もがその才能を認めている男たちや、向上心に満ちた若者たちに彼が囲まれているのも見たことがあった。彼らは皆、ゲーテが何かしらの感想を、たった一つでもいい、意見を述べるのを聞きたいという願いに身をこがし、彼の唇に見入っているのであったが、あげく、その長い、ひょっとしたら彼らが一生涯ずっと願い続けていてやっと実現した夕べに得たものと言えば、なにやら間延びした「おや、まあ」だの「そう？」だの「ほう？」だので、せいぜいのところが「そりゃもっともだね！」であった。シラーはもっと親身であった。その外見もまた、ともかくも印象的だった。堂々たる背丈を持ち、横から見た顔の上部は大変に高貴であった。彼の娘であるフォン・グライヒェン夫人(125)のそれを男性のものに移すと、それはシラーの横顔になる。しかしながら、彼の蒼白い顔色や赤毛がややその印象を損なっていた。それでも話しているうちには、彼の顔の一つ一つの造作が生き生きとしてきて、頰にはかすかな赤味が差し、その青い目の輝きが増してくる。そうなると彼の外見に何か不都合な点を見出すことはできなかった。

私がシラーに初めて、そしてまた最後に会ったのはここベルリンのことであったが、その一八〇四年までは、私は彼のことを書いたものからしか知らなかった。自分たちが知っていて好きな詩人その人のイメージを、私たちがその作品から作り上げてしまうのはよく言われることだが、私はその通りに、彼の表現の仕方は激越で、その話し振りは自分の信念を一心に述べ立てるものであろうと思い描いていた。つまり、話しているうちにやがては、あのフィーリップ王との有名な場面(126)におけるポーザのように語り出すに違いないと思っていたのである。ところが驚いたことに、彼はおしゃべりの間中、大変に分別のある大人の男として振る舞い、ことに、誰かのことを話していて何か差し障りがあるやも知れぬと思うや、自分の言うことには極めて用心していた。

しかしベルリンではこのような注意深さも大して役には立たなかった。この首都の小賢しい人間たちは間もなく、彼の妻(127)は、蜘蛛の巣のように巧妙に張り巡らされた質問に対して、彼ほどには警戒していないことを探り出した。そもそも正直に言って、彼の妻は私には、精神的な意味で注目すべき女性であるとの印象は与えなかったし、ことに彼女の姉のカロリーネ・フォン・ヴォルツォーゲン(128)と比べると、その差は明らかであった。こうして皆は彼の妻から、彼自身は黙っているのが賢明と見なしていたことを聞き出したのである。当時、主な興味が演劇と俳優たちに向けられていて、特に俳優たちと言えば実際にフレック(129)やイフラント(130)、ベートマン(131)のような偉大な芸術家を誇っており、そもそも舞台に関しては大変にプライドが高かったベルリン市民たちにとっての一番の関心事は、シラーが自分の作品のこの地での上演にどんな評価を下すかであった。折も折、当時のベルリン知識階級は、『ヴァレンシュタイン』(132)のテクラの演出をめぐって二つに割れていた。この役はフレックの妻(133)によって演じられた。彼女は美しくて、やわらかくよく響く声に恵まれており、後にマダム・シュレックの名で数々の気高い母親や教育係の婦人役を演じた際のうまさは、衆目の一致するところであった。ところが若い恋人役を演じるや、観衆の一部からは天にも持ち上げられるほどの賞賛を浴びる一方で、別の側からは、誤った退屈なセンチメンタリズムが彼女にあっては、どうにもならないパターンになってしまっているとの非難を浴びていた。このときのテクラ役も例外ではなかった。ただシラーは、これについては一言も意見を洩らさずにいた。ところが、夫が意見を控えているのに気づいていたはずの妻から間もなく、テクラの演じ方はシラーにはまったく気に入らないとの報告が引き出されたのである。もっとも、ゲーテとシラーがワイマールの舞台に導入していた、多少温かみに欠けるきらいはあるものの抑制され計算された朗詠の仕方にあっても、シラーは相変わらずテクラ役の表現には満足することがなかった。

ゲーテ(134)には、一八一〇年ドレスデンに滞在中、優れたセピア画家であったザイデルマン夫人主催のある夜会で、突然彼の到着が告げられるのを聞くまで、私は会ったことがなかった。私が喜びをあまりに露わにしたために、同様にその場にいた、まだとても若かったワイマール公ベルンハルト(135)

は、すぐに私を引き合わせるためにゲーテを何としてもこの場に呼び寄せようとした。彼が一体このような行動をゲーテに対しどう取り繕うつもりだったのか私にはわからないが、確かなことは、私が、彼にこの企てを思い切らせるために、まだ扉のところでその上着の裾を引いて彼を引き止めなければならなかったことである。しかしながらその翌朝、ケルナー夫人が[136]、ゲーテが絵画館にいるとの知らせ[137]を持って私のもとを訪れた。もちろん私はその絵画館へと急いだ。そのときまで彼に会ったことはなかったものの、私はその場ですぐ彼がわかった。たとえそれまで彼の肖像画を見たことがなかったとしても、私には彼がわかっただろう。その容姿全体があらゆる明快さをたたえてすでに人目を引くものであったが、とりわけ、すぐにひとかどの人物であることがわかる、彼の大きく美しい茶色の目が、その場にいた全員から彼を際立たせていた。彼は親切にも、私に向かってザイデルマン夫人に自分を紹介させた。生まれがベネチアであるこの婦人がイタリア語とフランス語しか話さなかったため、会話は最初フランス語でなされた。

ゲーテはフランス語がうまく、流暢に操ったが、たとえ上手であっても外国語では所詮私たちは、言えることだけを言うのであり、母国語で初めて言いたいことが言える。そこで私は間もなく母国語で話そうと、矛先を向けた。

その同じ夜、私はケルナー家で彼と再会した。そこで彼は例によって、結局は彼から何も聞き出せない人々の輪の中にいた。彼は間もなく私の方にやって来て言った。「あなたが私同様のご気分で、今日の絵画鑑賞にお疲れなら、少しご一緒に腰掛けませんか」。私には願ってもないことであった。――絵画が私たちの話題となった。歴史画のあるものについて彼は優れた意見を述べたが、この点で私は必ずしも彼と同意見ではなかった。というのも私は当時私の友人一同と同様に、ロマン派に注目していたのであり、事実、ローマのドイツ人画家たちからは、間もなくドイツ芸術に多大な影響を及ぼすことになるあのナザレ派(138)の考えや手法がアルプスを越えて届いていたのである。こうして私にとっては、たとえて言うならイタリア芸術はあの巨匠、ラファエロをもって終わったのであるが、ゲーテにとってはそれはまさにラファエロをもって始まったのであった。しかしながら、そのときの私の関心事は何よりゲーテの話に耳を傾けることだったので、この点で彼に反論しないよう最大の注意を払った。だが風景画となると彼はすばらしい意見を述べた。風景画は彼の十八番であった。詩人の彼、批評家の彼、自然観察者の彼、そして自ら創作する芸術家である彼が風景画においては一つになり、手に手を取り合って進んだ。というのも周知のごとく彼自身が、素晴らしい風景画家であったからである。

彼のドレスデン滞在中(139)、私たちは毎晩のように会った。私たちが共通の友人・知人を持っていたためである。

この輝ける星が上り、そして沈むのを私は見た。彼の『ゲッツ』と『ヴェルター』がまさに出版されるや文学に関心のあるすべての者の注目を引いたときのことを、私はまだ覚えている。それゆえに私は、彼が私に個人的に示してくれた敬意に次いで、この詩人が私に与えてくれた無限の喜びに感謝するものではあるが、彼はまた一方で、私が敬愛する一人の友人をめぐって私を大変に傷つけたことがある。そして私は、自分がその後ずっと多少の恨みを彼に抱き続けたことを隠すつもりはない。この事件は、彼がその家族関係に至るまで、自分にとって不愉快なこと、あるいはただ不愉快になりそうだというだけのことですら、周囲の反応にお構いなく排斥しようと懸命になる点を、証明している。彼が可愛がっていたただ一人の妹、シュロッサー夫人[140]の娘がニコロヴィウス[141]と結婚したとき、彼はこの結びつきに反対していた。ゲーテの精神的、倫理的な高さを思うと、この不満は詩人としての彼の不満ではなく大臣としての彼の不満であり、さらにその不満は単に、当時まだぱっとしなかったニコロヴィウスの外面的な地位に向けられたものであったのだろうと前提せざるを得ない。それでも、このときゲーテがもらした不満は、ことにこの善良なニコロヴィウスが本来は温和で人をすぐに許す感覚を持った人物であることを考慮すると、ひどく侮辱的なものであったに違いなかった。というのもゲーテとニコロヴィウスはその後二度と顔を合わせることがなかったからである。ニコロヴィウスが枢密院の一員となりベルリンに居を移したときから本来二人は顔を合わせやすくなり、またそのような機会はいくらでもあったにもかかわらず、二人が会うことは二度となかった。だがこのようなゲーテも、ニコロヴィウスの子どもたちに父親への反感を移すことはなかった。ことにアルフレート・ニコロヴィウスには、彼は多大な好意を寄せていた。

十一　若き崇拝者　ルートヴィヒ・ベルネ（一七八六―一八三七）

フランクフルト・アム・マインにユダヤ人為替商人の息子として生まれる。一八〇二年、両親は彼に授業を授けてくれるようにと、ベルリン在住の医学者・哲学者であるマルクス・ヘルツのもとに送る。翌年、夫を失ったヘンリエッテの配慮でベルネはハレに移転。一八一七年、彼はプロテスタンティズムに改宗し、「秤」という雑誌を刊行（一八二〇年まで）。メッテルニヒの政治についての批評ゆえに一時、逮捕される。一八三〇年からは文筆家としてパリに生活。ここで彼の『パリ通信』が書かれるが、これはフランクフルトの連邦議会で発禁となる。一八三七年、彼は、『フランス人を食い物にする男、メンツェル』という論争書を著し、ハインリヒ・ハイネと共に彼が重要な指導者であった文学グループ「若きドイツ」に対する連邦議会の弾圧に文学を以って戦いを挑んだ。文学は政治の進歩に貢献すべきだというのが、彼の主張であった。

ルートヴィヒ・ベルネは、その父親、すなわちマイン河畔のフランクフルトに住む銀行家バールフによって、医学を学ぶように決められていた。この父親は、十六、七の若者を監督なしに大学に送ることを懸念し、私の夫に、息子を寄宿させその勉学を指導してくれるようにと頼んだのである。というのもこの地には、大学の設立以前にすでに医学校と研究所があった。

ベルネは当時まだルイ・バールフという名で、我が家ではただルイと呼ばれていたが、自分に定められた学科にはまったく関心がないようでほとんど学ばず、それどころかすべての点でほとんど学ぶ気がなかった。そもそも彼には、学問を身につけるということなど、重要ではないようだった。さらに、我が家がふんだんに提供していた、社会的な意味のある人たちとの交際を通じて教養を積む機会をも彼は、活用する気があまりなかった。それどころか彼は、そのような人たちをむしろ避けているようであった。彼らが彼に親しげな様子を見せたり、ただ彼の近くにいるというだけでも、しばしば圧迫感を感じるようであった。しかしながら彼にはときおり著しい自意識が顔をのぞかせることがあり、それは理由なく現れるがために高慢とも取られ、我が家を訪れる人々の気持ちを彼から遠ざける結果になることがままあった。自分がしたりしなかったりすることは、あたかも主義に従って起こっているように彼は見せようとした。ひょっとすると実際にもそうであったのかも知れない。だから勤勉なふりをしたり、知識を増やすべく努力しているふりをすることは決してなく、むしろこの意味での自分の怠惰や無関心は彼にはどうしようもないもので、さらには自分にはそれを克服するつもりもないこと、そしてそれでも彼の人生におけるこの時期は決して無駄な時間ではないのだ、ということをほのめかした。どうして無駄な時間ではないのか。――これについては彼は沈黙した。

このような状態にあってもどうして私には、彼が、私の友人たちの中でも特に慧眼な人たちがそう思ったようには、自己満足しているちっぽけな怠け者と思えなかったのか、それについてはっきり述べることはできない。もちろん、あまり彼のそばにいることがなかった他の人たちに比べ、私には、ときおり彼から何かしらの才気と機知に富んだ意見が、閃光のようにパチパチと音をたてて飛び出すのを聞くような機会が多くあった。事実、まさに彼が完全に無関心を装っているようなときに限って、彼の注意深い人間観察に気づくことがよくあった。また愚か者というには彼は賢すぎるようにも見えた。一言で言うなら、彼の性質の中のいくらか神秘的な部分がそのように見せたのかも知れないにせよ、彼は私には興味深かったのである。しかしながら、私が友人たちにこう語ると、彼らは私をかなり奇異のまなざしで見たものだ。

彼が来てまだいくらも経たないうちに夫が亡くなったのだが、彼は私にそのままこの家においてもらえるよう一生懸命頼み、実際のところ彼の母親でもあり得たような私は、考えるほどもなく承諾した。ところがある日の出来事が私を、いきなり自分の無邪気さから目覚めさせることになった。その日私は母のところに行っていたのだが、そこへ私の女中の一人が、彼がケーニヒス通りの薬剤師に宛てたメモを携えてやって来た。彼はメモに実際の代金よりもはるかに多い金額である十フリードリヒスドール[142]を添えて、砒素を一服女中に渡すように頼んでいた。部屋の鼠に参っており、短い旅行で不在になるのを機に砒素による一掃駆除をする、というのがその理由であった。だがメモに封がしていなかったためその内容が目に入り、またそのときの彼の振る舞いにもおかしなところを認めた女中は、薬剤師のところに行く代わりに私のもとにそのメモを持って来たのである。あまりに驚いたために即座に帰宅することができなかった私は、それでもすぐに妹のブレナを若者のところに送った。こうして彼女を通して私は、彼が私に対して、母親のような友人に対する感情とはまったく別の気持ちを抱いていたことを知り、ひどく陰鬱な気持ちになった。妹が言うにはしかし彼を理性に立ち返らせることができたということであった。

　ところがその後いくらかして、また私が不在のときに、女中が彼の部屋を掃除中、私に宛てたメモをその机の上に見つけた。その中で彼は、私たちがこの世ではもう二度と会うことがないことを明言し、私に別れを告げていた。女中はまたこのメモも私のもとに持って来た。私は黙ってこのメモを彼の部屋に戻すよう女中に命じると、自分も即座に彼女の後を追って帰宅した。私のアパートの近くの通りでルイに出会うや、私は彼について来るよう命じた。当然のことながら私は、彼から目を離さないようにしたのである。その夜は彼と共に劇場に行ったが、それも彼がそれだけ私の視野から逃れられないようにするためであった。

しかしながらこのような、気を滅入らせると同時に不安にする状況下でこの若者を自分の家に置いておくことは、もはや不可能であった。そこで私はハレにいるライル[143]に、ルイを置いてもらえないかどうか問い合わせた。というのも、ライルのもとなら安心してルイを預けられることがわかっていたからだが、ライルが承諾するや私はルイの父親に宛てて、息子さんを自分はもう預かることができないが、彼のためにもうライルと話がついていること、もし息子さんをライルのもとに行かせることに同意するなら、息子さんにすぐにもベルリンを発ってハレに向かうよう命じて欲しい旨を書いて送った。彼の父親はその通りにし、息子は従わざるを得なかった。別れに際して彼は記念にと言って、私に、ここ数カ月につけた自分の日記と、私に宛てはしたものの私が目にするのは初めての手紙を数通渡した。告白するなら私はそれまで、彼の振る舞いを、小説かぶれの気まぐれと取っていたのだが、これらのものを読んでからは、そのような見方を撤回せざるを得なくなった。これらのものからは、ある種の情熱が語りかけて来ており、その情熱はもちろん私には気狂いじみたものに思えたが、またそれだけに私は自分のもとから彼を引き離そうという決心の正しさを喜ぶことができた。

もちろん私は出発に際して彼に、ハレにいる私の友人たちへの心からの推薦状を書いて持たせた。たとえばシュライエルマッハーだが、彼は当時すでにかの地で教授に任命されており、またベルリン時代からベルネのことを知っていた。最初のうち二人の関係はなかなか友好的なものであった。ベルネはその報告によれば、よくシュライエルマッハーと共におり、またそれを喜んでもいた。そしてシュライエルマッハーは、彼の役に立とうと心を尽くしていた。一八〇四年十一月二十一日付で彼は、「ルイが私と共にいるのを好んでいることを、嬉しく思います。私も彼が嫌いではありませんし、また、よく理解し合えればもっと彼の役に立てるだろうと思います」と書いている。しかし、この疲れを知らない行動の人、自分自身の途方もない力で、ありとあらゆる不運な外的条件や、どんなに悩んで当然の悩みであれ、自分の内面のそれに打ち勝って自分を奮い立たせてきたこの男性には、奮起の努力をまったくしないどころか、その無為の状態が気に入っているように見えるこの何もしない若者が、徐々に不愉快な存在になってきた。彼がベルネに寄せた好意は徐々に失われ、またベルネの側でもほとんど彼を避けるようになった。確かにシュライエルマッハーが、それ自体は些細なことについて、実は単に気まぐれの結果に過ぎなかったかも知れないような矛盾した言動をベルネがするからといって、それを直ちに誠実さに欠けると非難したのは、正しくなかったかも知れない。このことをベルネから聞いたとき、私はかつて面倒をみたこの若者のために、遠方から二人のこじれた仲を取り持とうとしたが、ほとんど効果はなかった。

シュライエルマッハーは一八〇六年四月十日付の手紙で次のように書いてきた。「ルイの件ではあなたにも正しい部分がありますし、ルイにもありますが、私も正しくないわけでは決してありません。ＪとＷの件では、ルイは何回か私に具合の悪い思いをさせましたが、彼の目についたのはそのことだったのかも知れません。因みに私はルイに対していつも親切ではありますが、彼は私には関心の持てない存在です。いったいひとりの人間に、その人間が自分自身に払っている関心以上の関心をどうやって持てというのでしょう。彼はまったく自分自身と向き合おうとせず、時間を浪費し、勉学をおろそかにし、怠惰によって自分を駄目にし、そしてこれらすべてを極めて冷静に見たあげく、いつも私に言うことと言えば「自分には結局こうするしかなく、何か別の事をしようと自分で強いても最終的にはよりよい結果にはならないのです」という有様なのです。理屈をこねて自ら意志を捨てるような人間に、どうやったら影響を与えられるものでしょうか。彼が堕落していくのかどうかはわかりません。このような状態からでも自分自身を救うことができる性格の人間もいるでしょう。けれども、このような状態にあって彼に外から影響を及ぼしたり関わったりすることはできません。そうするには彼はいまだ気取っており、誤った態度を取っているのです。たとえば私に対して彼は、フランクフルトに行くことがあたかもいやでたまらなく、かの地では恐ろしく退屈であろうことを心配しているように振る舞っていましたが、ライル夫人が請け合って言うには、彼は実は子どものようにそれを楽しみにしていたとのことなのです。どうやったら彼が憂鬱だと嘆けるのかはわかるにしても、どうやったらあなたがそれを嘆きと取れるのかわかりません。何も不足のない健康な若者が、どうやったら憂鬱になるのでしょう。気を塞ぐすべては無為から来るのであり、それこそが彼をだらけさせているのです。このことを全部彼に言って構いません。彼が戻ってきたら、私も自分で言います。彼がこんな段階にとどまっているのは残念ではありますが、自分で自分を救おうとしていないのに、彼を救うことなど誰にもできません」。

私のベルネへの関心はこの後もさらなる努力を私に惜しませなかったが、それでも亀裂はどんどん大きくなっていった。シュライエルマッハーは最後に一八〇六年十月十日の手紙の中で次のように書いている。「親愛なるイェッテ、ルイと私の関係はその後もどうにもなりませんでした。彼は怠惰と虚栄を愛し、それに身をゆだねています。そして他のすべての人間からは甘やかされようとするか、あるいは高慢にも彼らを無視しようとしています。もっとも私を無視することは彼もできませんし、私が彼を甘やかすこともあり得ません。若者たちの怠惰と虚栄は、私には不快でたまらなく憎むべきものなのです。こうやって彼は私のもとから離れて行ったのです。今でも彼は、あなたが言おうとしているように、興味深い人間であるやも知れませんが、私にはそれ以上、彼がひとかどの者になるとは思えません。私は彼に一度として、いつかそれが彼を支配し、彼を何者かに仕上げるかも知れないと期待できるような、決定的で有用な何かしらの才能を認めたことすらないのですから」。

しかしながらシュライエルマッハーを知る者には、たとえ否定的なものであれこの若者に対する彼のすべての発言を通して、彼が自分でうち明けている以上に大きな関心をこの若者に抱いていることが見て取れる。まったくの無関心であったなら、このような考察を述べる事もなかったろうし、あれらの手紙が告げているように、一人の人間の本質や性格と向き合って云々するようなことはもっとなかったであろう。ただし、彼がベルネの決定的な才能を否定したことに関しては、この時点では誰も同意せざるを得なかった。そのような才能は確かにすでに彼の中にまどろんではいたのだが、後の政治事情が初めてその才能を呼び起こしたのであって、もしそのような事情が生じなかったなら、ベルネは影響力がなく無名の、それどころか一見何の意味もない一人の人間として死ぬことになっていただろう。しかし、ベルネへの道徳的な憤りを感じていたシュライエルマッハーも、他のあれこれの人たちのようには、ベルネが興味深い人間であることを否定することはできなかった。もしこの若者の内に、精神的、道徳的な資質を少なくとも想定させるような何ものもなかったとしたら、そのようなことがあり得たであろうか。

事実シュライエルマッハーは、ベルネが政治的な作家として登場するや、かつての過ちを認めた最初の人間の一人であった。シュライエルマッハーは、ベルネのいくつかの意見には全面的に同意を示すことがなかった。その他の意見についても、その形式からして、機知とユーモアに富んでいるとは言え、すでに彼にとってはあまりに辛口で苦味が過ぎていた。私もこの点では同感であった。一八一九年にライン地方への旅を計画したときシュライエルマッハーは、すでに数年来最も活躍している政治的作家の一人に変身していたあの怠け者のルイを招待した。

私も同じ年、イタリアからの帰途[145]に、ベルネが当時住んでいたマイン河畔フランクフルトで、この今や有名人となっていた彼に初めて再会した。私は着くやいなやすぐに彼を呼びにやらせた。有難いことにあの気狂いじみた情熱からは立ち直っていたが、私に再会した彼はとても感激した。私は彼がよい方向に変わったのを認めた。その本質のあらゆる明快さを突き抜けて、ある種の天才が顔をのぞかせていた。私は二回に及ぶフランクフルト滞在中ほとんど毎日彼に会い、またこの地で初めてそれまでに発表された彼の雑誌記事のほとんどを読んだ。というのも彼の記事はまだ一つにまとめられておらず、手に入れるのが難しかったのと、またそれらの記事のうち最も重要なものは、私の旅行中に初めて書かれたためである。告白するなら、ことにその描写の仕方が私をひどく驚かせた。

　彼は私を父親のもとに連れて行ったが、彼の父親は正真正銘賢く有能な人物と映った。また、ベルネの女友達であるヴォール夫人[146]という未亡人は大変好ましい女性だった。彼女は感じのよい物腰の、落ち着いて理性的な教養ある婦人で、私は、もし彼女が結婚の承諾をしたのならベルネにとって幸せなことに違いないと思った。というのも、彼には結婚による結びつきが不可欠と思えたからである。後に彼がベルリンに滞在中[147]、私は、なぜ結婚しないのかと尋ねたが、彼が答えて言うには、「あの人は私のことを信用しないのです！」ということであった。だが、理由はどこか別のところにあったに違いない。というのも、この、年来の女友達のように彼をよく知っていれば、彼の正直さと誠実を疑うことは当時困難であったからである。他から聞いたところによると、結婚を妨げているのは、熱心なユダヤ正教の信者である年老いた母親を彼女が気遣っていたためであった。というのもベルネは当時とっくにキリスト教に改宗していたのである。周知のように彼女は後に、やはりベルネの崇拝者であったシュトラウスという男性と結婚した。このシュトラウスは、ベルネを大胆にも侮辱したハインリヒ・ハイネとの、(148)あの多く騒がれた場面(149)によって自らも評判となった人物である。

この成熟した男性となったベルネを知るのに私にまだ欠けていた部分は、彼が後にまたベルリンに滞在した折に補われた。当時のベルリンのあれこれのサークルでは、ベルネのことが話題になるときには、ハイネと一緒くたにして語られるのが常であった。私は、決してベルネが書いたことすべてに同意するものではないが、それでも彼のためにこの比較には異議を唱えざるを得ない。彼にあっては、その書いたものすべてに冒し難い真剣さがあった。その真剣さはただ、戯れと風刺の形式の背後に姿を隠していたのである。ハイネにあっては、事情はまさに逆であったように思える。ハイネはただ冗談の効果を高めるためだけに、ときおり、真剣さを装う。彼にあってはその冗談こそが肝要であり、それが忽然と姿を現さないことは彼の場合ほとんどなかったのだ。

訳注

（1）「王」プロイセン国王、フリードリヒ・ヴィルヘルム三世（一七七〇―一八四〇、在位一七九七―一八四〇）。フリードリヒ・ヴィルヘルム三世の在位期間は、フランス革命、ナポレオン戦争、ウィーン会議、そしてその後のオーストリア宰相メッテルニヒ主導による保守的協調の時代に重なっている。ドイツの体制はこの間に絶対主義王制から立憲君主制へと移行しつつあったが、フリードリヒ・ヴィルヘルム三世は、全国議会の創設を約束したのみで、その言葉を実行することはなかった。しかし、一八三四年にはドイツ関税同盟がプロイセン主導によって発足、一八七一年のドイツ帝国創設を準備した。

（2）「皇太子」後のプロイセン国王、フリードリヒ・ヴィルヘルム四世（一七九五―一八六一、在位一八四〇―六一）。フリードリヒ・ヴィルヘルム三世の息子。王権神授説に傾倒し、「王座のロマン主義者」と呼ばれた。学芸の保護者として知られた。一八四八年の三月革命に屈服するが、フランクフルト国民議会が奉呈したドイツ皇帝位を拒絶し、人民主権による立憲君主制への道を閉ざした。同年の十二月に欽定憲法を発布。尚、フリードリヒ・ヴィルヘルム四世は、一八四五年に、ヘンリエッテ・ヘルツに年金を与える決定をしている。ファルンハーゲン・フォン・エンゼの日記によると、アレクサンダー・フォン・フンボルトに対して、王はヘルツの家での思い出を語り、ヘンリエッテを「非常に才能にあふれた女性」と語っている。王の命を受けて、フンボルトが指示を下し、一八四六年から五〇〇フリードリヒスドールの年金がヘルツに与えられている。フリードリヒスドールは、一七四〇年から一八五五年プロイセンの金貨＝五ターラー。

（3）「デールブリュック」Johann Friedrich Gottlieb Delbrück（一七六八―一八三〇）。一八〇〇年から一八〇九年まで、当時のプロイセン国王フリードリヒ・ヴィルヘルム三世の二人の息子（後のフリードリヒ・ヴィルヘルム四世とヴィルヘルム一世）の教育係。このデールブリュックの子孫からは、プロイセンを代表する政治家、学者、銀行家などが多く出た。息子は、ビスマルクの片腕と言われた、ドイツ帝国宰相官房長官のルードルフ・フォン・デールブリュック。甥は、ドイツ銀行の創設者。一九六九年に生物学と医学の分野でノーベル賞を受けたマックス・デールブリュックもこの一族の出身。

（4）「避雷針」一七四九年、ベンジャミン・フランクリン（一七〇六―九〇）は、稲妻は電気と同じ流体であるという仮説を立て避雷針を作った。一七五二年に、フランクリンは雷雨の中で凧を上げてこの仮説を実証した。

（5）「クント」Gottlob Johann Christian Kunth（一七五七―一八二九）。ライプツィヒで法学を学ぶが、経済的な理由で学業を断念し、二十歳にしてフンボルト兄弟の家庭教師となる。フンボルト兄弟の両親の厚い信頼を得て、一七七七年から八九年まで兄弟の教育を一手に担った。当時の貴族階級の子息は学校へは通わず、自宅で教育を受けるのが普通だった。クントは自らが数学、歴史、ラテン語、ギリシャ語、ドイツ語などの基礎的な科目を教えると共に、ベルリンの知識階級の優れた人々をフンボルト兄弟の家庭教師として選び、当時としては最高の教育を彼らに与えた。同時に自らもこれらの学者たちとの交際を通じて学問を続け、兄弟が大学教育を受けるようになると教育係を辞め、プロイセンの官僚となり、四十年に亘ってプロイセンの商業・貿易の振興に尽くした。一八一五年から枢密顧問官。ヴィルヘルム・フォン・フンボルトは、クントの功績を讃えてフンボルト家の城テーゲルに彼の墓と記念碑を立てている。

（6）「テーゲル」フンボルト家の居城があった場所。一八二〇年から二四年にかけて、ヴィルヘルム・フォン・フンボルトは、建築家シンケルの設計によりこの城を建て替えている。

（7）「ヴィルヘルム」Wilhelm Freiherr von Humboldt（一七六七―一八三五）。哲学者、言語学者、プロイセンの政治家。プロイセンの教育制度改革に貢献。第五章参照。

（8）「アレクサンダー・フォン・フンボルト」Alexander von Humboldt（一七六九―一八五九）。自然研究家。探検博物学者。近代地理学の祖と呼ばれる。ヴィルヘルム・フォン・フンボルトの弟。一七九九年から一八〇四年まで、当時のスペイン植民地、今日のヴェネズエラ、キューバ、コロンビア、エクアドル、ペルー、メキシコを探検旅行。一八〇七年から二十年間パリに滞在して旅行の研究成果を世界の学者と共同で検証、"Voyage aux regions equinoxiales du Nouvuau Continent"（『新大陸赤道地方旅行』一八〇七―三三、三四巻）として刊行の傍ら、科学アカデミーで数学、科学、天文学、地磁気の研究を行う。またレカミエ夫人のサロンに出入りし、作家シャトーブリアンと交流した。一八二九年、ロシア皇帝の要請でウラル地方に探査旅行。晩年の二十五年間は地球に関するすべての知識をまとめる仕事にかかり、"Kosmos-Entwurf einer physischen Weltbeschreibung"（『宇宙―博物学的世界記述の試み』一八四五―六二、五巻）を刊行、探検旅行とその調査報告によって海洋学、気象学、気候学、地理学の広い分野に亘る功績を残した。

（9）「マールブランシュ」Nicolas de Malebranche（一六三八―一七一五）。フランスの哲学者。オラトリオ会修道士。認識とは「物を神のうちに見ること」とし、機会原因論を唱えた。神を唯一の作用因とみなし、神の被造物である物体や精神にはその運動変化の原因としての作用を認めず、物体や精神は、それらの運動変化の機会を与える原因に過ぎないとした。"De la recherche de la vérite"（『真理の探究』一六七四―七五、ドイツ語訳は一七七六―八〇）。

（10）「ゲーテ」Johann Wolfgang von Goethe（一七四九―一八三二）。第十章参照。

（11）『ゲッツ』ゲーテの戯曲"Götz von Berlichingen mit der eisernen Hand"（『ゲッツ・フォン・ベルリヒンゲン』一七七三）。ドイツの演劇は、フランス古典主義の三一致の法則に長く支配されていたが、ゲーテはシェイクスピアの強い影響のもとに、場面の展開が速く自由で型破りな筋を持つこの戯曲を書いた。実在の帝国騎士をモデルにした主人公ゲッツは、貧民を助けるために盗賊となり、皇帝から追放される。暴動を起こした百姓たちの首領にまつりあげられ、最後は塔に囚われて、獄死する。

(12)『ヴェルテル』ゲーテの書簡体小説"Die Leiden des jungen Werthers"(『若きヴェルテルの悩み』一七七四)。市民の青年ヴェルテルが心から湧き出る日々の思いを友人へ書いた手紙で構成された作品。人間の内面的葛藤を激しく深く表現した。ヴェルテルは婚約者のいる女性を愛するようになり、出口のない思いに苦しむ。また、貴族社会の中にあって市民としての自己実現を図って挫折する。この小説をナポレオンは、「偉大なる情熱の書」と呼び、愛読したと言う。

(13)「レッシング」Gotthold Ephraim Lessing(一七二九―八一)。ドイツ啓蒙主義の代表的文学者。演劇、美学に関する論文を多く執筆し、特にシェイクスピアを模範とする新しいドイツ演劇を提唱したことで知られる。自らもドイツ市民悲劇を書き、ドイツ文学に新しい風を吹き込んだ。一七五九年から六五年にかけて、モーゼス・メンデルスゾーン、フリードリヒ・ニコライ(訳注45参照)と共に雑誌「最新文学に関する書簡」を発行した。メンデルスゾーンをモデルにしたと言われる"Nathan der Weise"(『賢者ナータン』一七七九)は、宗教的な寛容の精神をテーマにしている。

(14)「ダーフィト・フリートレンダー」David Friedländer(一七五〇―一八三四)。ユダヤ人啓蒙主義者。ケーニスヒベルクで生まれ、カントとも交流があった。ユダヤ人解放のための啓蒙活動に力を注ぎ、一七七六年ベルリンにユダヤ人子弟のための学校をダニエル・イッツィヒと共に作った。

(15)「カール・フィーリップ・モーリッツ」Karl Philipp Moritz(一七五七―九三)第六章参照。

(16)「ゲーテの詩『漁師』」"Fischer"(一七七八)。ゲーテ初期のバラード。水辺で魚釣りをする男が、水の中から現れた女の言葉に誘われて水底へと消えるという内容。「心の際まで冷気にひたって」は、釣りをしながら男が水底を見入っているさまを表現している。自然の中の魔術的な力を描いている点で、ロマン主義的要素が大きい作品とされる。

(17)「ノヴァーリス」Novalis（本名 Friedrich Leopold Freiherr von Hardenberg 一七七二―一八〇一）。ドイツ初期ロマン派の代表的詩人。ゲーテの『ヴィルヘルム・マイスターの修業時代』の影響のもとに、青い花を求めて芸術家が遍歴の旅に出る"Heinrich von Offerdingen"（『ハインリヒ・フォン・オフターディンゲン』一八〇二）を書いた。断片集『花粉』（一七九八）、『信と愛』（一七九八）、論文『キリスト教界またはヨーロッパ』（一七九九）などがある。

(18)「フィーヴェック」Johann Friedrich Vieweg（一七六一―一八三五）。書籍業者。ハレの仕立て屋の息子として生まれたフィーヴェックは、フリードリヒ・ニコライ（訳注45参照）の影響のもとに書籍業者となり、一七八六年にベルリンに自分の店を持った。ゲーテの叙事詩『ヘルマンとドロテーア』は一七九七年にフィーヴェックから出版されている。また、フィーヴェックは、汎愛主義教育者のカンペと生涯に亘って交友を持った。一七九九年にブラウンシュヴァイクに移転。このフィーヴェック出版は二十一世紀の今日までドイツに存在している。

(19)「ツェルター」Karl Friedrich Zelter（一七五八―一八三二）。家業を継ぐために左官屋の修業をしたが、努力の結果音楽家として名を成した。一八〇〇年にベルリン合唱協会の指導者となる。一七九九年以来ゲーテと文通を交わし、ゲーテの大きな信頼を得て、多くのゲーテの詩に曲をつけた。また、作曲家フェーリクス・メンデルスゾーンは、ツェルターの愛弟子だった。

(20)「ドロテーア・ファイト」Dorothea Veit（後の Dorothea von Schlegel 一七六三―一八三九）。第四章参照。

(21)「メンデルスゾーン」Moses Mendelssohn（一七二九―八六）。第三章参照。

(22)「フリードリヒ・シュレーゲル」訳注72参照。
(23)「カール・フィーリップ・モーリッツ」Karl Philipp Moritz（一七五七—九三）。第六章参照。
(24)「ダーフィト・フリートレンダー」訳注14参照。
(25)「メンデルスゾーンの次女」Henriette Mendelssohn（一七七五—一八三一）。正確には三女。その博識と語学の才を生かしてパリで女子寄宿学校を経営した。スタール夫人と親しく交際。
(26)「エンゲル」Johann Jakob Engel（一七四一—一八〇二）。啓蒙主義哲学者。哲学、美学、文学、演劇など多くの分野で著作に携った。一七七五年から八七年までベルリンのギムナジウム教授。一七八五年頃フンボルト兄弟に哲学を教授、一七八七年に後のフリードリヒ・ヴィルヘルム三世の家庭教師となる。一七八七年から九四年まで、ラムラー（訳注27参照）と共にベルリン国立劇場監督。シェイクスピア、シラー、ゲーテ、モーツァルト、イフラントなどの作品を上演した。
(27)「ラムラー」Karl Wilhelm Ramler（一七二五—九八）。詩人。ローマの古典詩人ホラティウスを範として、頌詩を書いた。一七四八年から九〇年までベルリンの幼年学校教授。一七九〇年から九六年まで、訳注26のエンゲルと共にベルリン国立劇場監督。レッシングの友人。
(28)「テラー」Wilhelm Abraham Teller（一七三四—一八〇四）。啓蒙主義神学者。故郷ライプツィヒの教会で説教をすると同時にヘルムシュテットで大学教授の職にあったが、啓蒙主義的発言のために論争を引き起こし、一七六七年にベルリンに移住、監督教区長となった。
(29)「ツェルナー」Johann Friedrich Zöllner（一七五三—一八〇四）。ベルリンのマリーエン教会の牧師。
(30)「ドーム」Christian Wilhelm von Dohm（一七五一—一八二〇）。外交官、歴史学者。ドームは、出島の医師エンゲルベルト・ケンプファーの生誕地レムゴーに生まれ、ケンプファーの“Geschichte und Beschreibung von Japan”『日本誌』一六六七—六九）を一七七七年と七九年に編集出版した。一七七九年からプロイセンの官僚となる。モーゼス・メンデルスゾーンの影響のもとに、"Über die bürgerliche Verbesserung der Juden"(『ユダヤ人の市民的改善について』一七八一年)を出版。この書物は、ユダヤ人解放の法律制定(フランス一七九一、ドイツ一八一二)に大きな影響を与えたとされる。一七九六年に、ケルン選帝侯国におけるプロイセンの全権大使。一八〇七年から、ヴェストファーレン王国の官僚。

(31)「クライン」Ernst Ferdinand Klein(一七四四—一八一〇)。法学者。プロイセンの法典編纂作業のために、一七八一年からベルリンで働く。一七九四年のプロイセン一般ラント法起草者の一人。一七九一年からハレ大学学長。

(32)「グスタフ・フォン・ブリンクマン」Carl Gustav Baron von Brinckmann(一七六四—一八四七)。スウェーデンの外交官。一七八七年からハレ大学で学び、ここでシュライエルマッハーと親しく交際する。一七九二年から九七年までベルリン公使館付書記官。パリ、ハンブルクを経て、一八〇一年から〇七年まで再びベルリン滞在、プロイセンの宮廷と共に、ナポレオン軍に追われてケーニヒスベルクに至る。その後は、外交官としてロンドン、最後はストックホルムの宮廷で働く。ベルリン時代にブリンクマンは積極的な社交生活を送り、ラーエル・フォン・ファルンハーゲン(訳注54参照)とも親しく交際した。

(33)「クリスティアン・ベルンシュトルフ伯爵」Christian Günter Graf von Bernstorff(一七六九—一八三五)。デンマークの政治家。一七八九年にベルリンへ公使館参事官として派遣され、一七九一年から九四年までデンマークの全権大臣としてベルリンで活動。本国へ帰国した後、一八〇〇年には若くして外務大臣となった。

(34)「アンシヨン」Jean Pierre Frêderic Ancillon(一七六七—一八三七)。ジュネーヴで神学を学んだ後、一七九〇年にベルリンのユグノー派の教区の牧師となる。一七九二年にベルリン軍事アカデミー歴史学教授就任。一七九三年と九六年のスイス・フランス旅行をきっかけとして、政治的な書物を活発に発表する。デールブリュック（訳注3参照）の後継者として、フリードリヒ・ヴィルヘルム三世の二人の息子の家庭教師となる。一八三二年に、プロイセン外務大臣。

(35)「ゲンツ」Friedrich von Gentz（一七六四—一八三二）。政治家、著述家。一七八五年から一八〇二年までプロイセンの官僚、当初はフランス革命に賛同していたが、後に保守に転じ、ウィーン会議ではメッテルニヒの右腕として活躍した。書物の検閲、集会の自由の制限を定めた「カールスバートの決議」（一八一九）の指導者の一人。

(36)「ロイクセンリング」Franz Michael Leuchsenring（一七四六—一八二七）。ゲーテの『詩と真実』第三部第十三章、一七七二年のコーブレンツのラ・ロッシュ邸訪問の箇所にも登場する人物。ロイクセンリングは、ここで小箱に入った往復書簡を朗読して、集まった人々に娯楽を提供する。当時ロイクセンリングはヘッセン・ダルムシュタットの皇太子の養育係だった。一七八二年にベルリンに来る。一七九二年にフランス革命に賛同してフランスへ去る。

(37)「フォン・ドーム」訳注30参照。

(38)「カール・ラ・ロッシュ」Karl von La Roche（一七六六—一八三九）。作家ゾフィー・フォン・ラ・ロッシュ（訳注85参照）の息子。ヘルツは回想録の別の箇所において、出会った頃のカールを「いかなる時代でも最も美しい部類に属すると言ってよい若者」と評している。ラ・ロッシュは、ヘルツの道徳同盟の一員。

(39)「フェスラー」Ignaz Aurelius Feßler（一七五六—一八三九）。ハンガリー出身。当初はカプチン会修道士、フリーメーソンの会員。一七八四年来、レンベルクで東洋学を教授。一七八八年出版の悲劇『シドニー』がローマ教皇派を誹謗するものとされて、シュレージエンに逃亡。一七九一年にプロテスタントに改宗。一七九六年からベルリンで出版業。フェスラーがベルリンで設立した読書協会は、「会則がある会」と「会則がない会」の二つに分けられており、前者においては政治や諸学問に関する講演が行われ、後者においては演劇や朗読や音楽が楽しまれた。この読書協会は「フェスラーの水曜協会」とも呼ばれ、非常に人気があった。フェスラーは一八〇九年にペテルブルクに文献学の教授として招聘され、ロシアに赴いた。

(40)「フィッシャー」Ernst Gottfried Fischer（一七五四—一八三一）。物理学者、数学者。一七八七年からベルリンのギムナジウムで数学と物理を教える。後のベルリン大学教授。

(41)「ヒルト」Aloys Ludwig Hirt（一七五九—一八三九）。考古学者、芸術史家。一七八二年から九六年までローマ在住。ゲーテはイタリア旅行のときにヒルトと知り合いになっている。一七九六年からベルリンで美学を教える。一七九七年にワイマールのゲーテとシラーを訪問している。後のベルリン大学教授。

(42)「シャードウ」Johann Gottfried Schadow（一七六四—一八五〇）。彫刻家。一七八三年にヘンリエッテ・ヘルツの彫像を作成。また、シャードウはヘルツのサロンでユダヤ人宝石商の娘マリアンネ・デビデルと知り合いになり、結婚した。一七八五年から二年間イタリアで修業。ブランデンブルク門の上のカドリガ（四頭だて二輪馬車）に乗った女神像、プロイセンの二人の妃ルイーゼとフリーデリケの像などがよく知られている。

(43)「フレック」Ferdinand Fleck（一七五七—一八〇一）。俳優、演出家。ブレスラウ出身。ライプツィヒ、ハンブルクの舞台を経て、一七八三年にベルリンの舞台にデヴュー。エンゲル（訳注26）のもとで、ベルリン国立劇場の舞台監督も務めた。

(44)「レッシング」注13参照。

(45)「ニコライ」Christoph Friedrich Nicolai（一七三三—一八一一）。啓蒙主義者。書籍業者の息子として修業をする一方で、哲学や美学を独学で学んだ。一七五五年から、レッシングとメンデルスゾーンとの交友が始まる。この三者は協力して、啓蒙主義をドイツに広めた。一七五八年からベルリンで自らの出版社を経営する。一七六五年から書評誌“Allgemeine deutsche Bibliothek”(「ドイツ百科叢書」)を出版、この雑誌は四十年間続いた。また、一七七五年に、ゲーテの『若きヴェルテルの悩み』のパロディ“Freuden des jungen Werthers, Leiden und Freuden Werthers des Mannes”(『若きヴェルテルの喜び』)を書いたことでも知られる。

(46)「ダーフィト・フリートレンダー」注14参照。

(47)「ザロモン・マイモン」Salomon Maimon(一七五三—一八〇〇)哲学者。リトアニアに生まれ、ケーニヒスベルク、ベルリン、ハンブルク、アムステルダムなどを転々として暮らした。一七九〇年出版の“Versuch über die Transzendentalphilosophie”(『先験哲学に関する試論』)はカント哲学に関する最も優れた批判の書と評価される。一七九二年と九三年にフィーベック出版(訳注18参照)から、“Salomon Maimon's Lebensgeschichte”(『ザロモン・マイモンの生涯の歴史』)がカール・フィーリップ・モーリッツの編集で出ている。

(48)「ベンダーフィト」Lazarus Bendavid(一七六二—一八三二)。哲学者。ゲッティンゲンとハレで学び、カント哲学の信奉者となる。一七九三年にプロイセンでの仕官に失敗した後、ウィーンへ行き、カント哲学を講じる。一七九七年にベルリンに帰り、新聞の編集や執筆に携わる。一八〇六年から、フリートレンダー(訳注14参照)とイッツィヒのあとを継いで、ユダヤ人子弟のための学校の校長となる。

(49)「最新文学に関する書簡」“Briefe, die neueste Literatur betreffend”(一七五九—六五)レッシング、ニコライ、メンデルスゾーンによって発刊された雑誌。七年戦争で負傷したエーヴァルト・フォン・クライスト(訳注65参照)に宛てて、ドイツの最新の文学について語る手紙という形式を取っている。

(50)「ドイツ百科叢書」“Allgemeine deutsche Bibliothek”(一七六五—一八〇五)。イギリスの総合的な書評誌を模範としてニコライ（訳注45参照）が発行した書評誌。あらゆる分野の書籍に関する書評が掲載された。ベルリン啓蒙主義をドイツ全土に広めた、中心的なメディアだった。四十年間続き、二五六号に達した。

(51)『リチャード三世』"Richard der Dritte"（一七七一）おそらく作者はヴァイセ Christian Felix Weisse（一七二六―一八〇四）。この戯曲に関しては、レッシングの『ハンブルク演劇論』（一七六八年一月十二日付）の中に言及がある。ヴァイセは、子どものための雑誌「子どもの友」（一七七五―八二）を発行したことでも知られる。

(52)「ヴォルテール」Voltaire（本名François Marie Arouet 一六九四―一七七八）。フランス人哲学者。アイザック・ニュートンやジョン・ロックの影響のもとに、啓蒙主義哲学を説く。フリードリヒ二世と書簡を交わし、一七五〇年には王の宮殿サンスーシに逗留している。フリードリヒ二世の著書『反マキャヴェリ論』（一七四〇）の出版に力を貸したことでも知られる。

(53)「シュレーゲル訳」訳注78参照。

(54)「ラーエル・レーヴィン」Rahel Levin（一七七一―一八三三、後のRahel Varnhagen von Ense）。ベルリン・サロンの主催者の一人。ユダヤ人宝石商の娘。父親の専制に苦しみ、また病弱だったこともあり、不幸な少女時代を過ごした。ラーエルの「屋根裏部屋」と言われたサロンには、ヘルツのサロンと同様に、ベルリンで最も優れた人々が集まった。一八一二年に匿名でゲーテに関する断片を発表、さらに雑誌や新聞にやはり匿名で文章を発表した。一八一四年に年代記作家ファルンハーゲンと結婚しベルリンを去るが、一八一九年にベルリンに戻り、再びサロンを開いた。ラーエルの死後、ファルンハーゲンの手によって書簡集"Rahel. Ein Buch des Andenkens für ihre Freunde"（『ラーエル。友人のための思い出の書』一八三四年）が出版されたが、これを読んだヘンリエッテ・ヘルツは、自分の死後にプライバシーが公開されることを恐れて、手紙や書類を破棄してしまったと言われる。
(55) 「大学」ベルリン大学創設は一八一〇年。
(56) 「ニコライ」訳注45参照。
(57) 「法学者のクライン」訳注31参照。
(58) 「外科医長のゲルケ」Johann Goercke（一七五〇―一八二二）。外科医。プロイセンの医療政策を担う。一七八七年から八九年までウィーン、イタリア、パリ、ロンドンなどに滞在し医学の見聞を広めた。一八九七年からプロイセン軍の外科医長。
(59) 「フリードリヒ大王」プロイセンの王、フリードリヒ二世（一七一二―八六、在位一七四〇―八六）。「兵隊王」と呼ばれた父親のフリードリヒ・ヴィルヘルム一世とは異なり、文芸や音楽を愛する青年だったが、即位後は、啓蒙専制君主として、啓蒙主義的改革を進める一方で、軍事力の増強による国力の安定を目指した。オーストリア継承戦争、七年戦争を乗り越え、ポーランド分割を強行して、プロイセンをヨーロッパの強国の一つにした。フランスのルイ十四世を崇拝し、フランス文化を愛好していた。ヴォルテール（訳注52）とも文通を交わし、サンスーシ宮殿に招いて助言を請うたりした。
(60) 「彼の後継者」フリードリヒ・ヴィルヘルム二世（一七四四―九七）。フリードリヒ二世の弟の息子。フリードリヒ二世には子どもがなかったので、後継者となった。在位一七八六―九七年。一七八八年に啓蒙思想の広がりを恐れて宗教勅令、検閲勅令を出す。またフランス革命に際しては、オーストリアのレーオポルト二世と共同でピルニッツの宣言を出し、フランス国王の擁護の姿勢を明確に出し、一七九二年に対仏干渉戦争に乗り出した。しかし、この戦争の途中で突然オーストリアを出し抜いて、ロシアと手を結び、ポーランド分割に応じた。一七九五年にフランスとは単独講和を結び、対仏干渉戦争から離脱した。
(61) 「国王のその他の結びつき」フリードリヒ・ヴィルヘルム二世は少々自制心に欠け、神秘思想に凝ったり、取り巻きの人々の横暴を許したりしたために、宮廷内の風紀が乱れたとされる。また、彼には多くの愛人がいた。なかでも、一七九六年にリヒテナウ伯爵夫人の位を授けられたヴィルヘルミーネ・エンケは、よく知られる。

(62)「ハラー」Albrecht von Haller（一七〇八―一七七七）。自然科学者、医者、初期啓蒙主義文学者。スイス、ベルン出身。一七二三年、テュービンゲンで自然科学、医学を学び、一七二七年、ライデンで博士号取得。さらに一七二八年、バーゼルで数学と植物学を修める。植物研究のためにアルプス地方に旅行、アルプスの自然の壮大さを歌う詩によって文学に新風を吹き込んだ。一七三六年からゲッティンゲン大学解剖学、外科医学、植物学教授、また植物園創設者。一七四七年から、"Göttingische Gelehrte Anzeige"（「ゲッティンゲン学者報」一七三九―）を主幹、同誌を定評ある書評誌に育てる。フリードリヒ二世によってベルリンに招聘されるがこれを謝絶、一七五三年以降は故郷の町ベルンに戻り、市役所の役人、学校教師、孤児院院長などの職に甘んじる。最晩年、ゲッティンゲン大学より提供された事務総長のポストを家族の反対で断った後は、病気がちのまま生涯を終えた。

(63)「ハーゲドルン」Friedrich von Hagedorn（一七〇八―五四）。詩人。ハンブルク出身。イェーナで法学と文学を学ぶが、一七二七年、勉学を放棄。一七二九年よりデンマーク公使の秘書としてイギリス滞在、イギリス文学に親しむ。一七三一年ハンブルクに帰郷、一七三三年にイギリス商館の秘書の職を得る。一七四二年出版の詩集"Sammlung neuer Oden und Lieder"（『新頌詩・詩歌集』）は、十八世紀ドイツロココ文学の始まりとされる。また、彼の寓話集や啓蒙的な詩集は当時非常に好んで読まれた。

(64)「ゲラート」Christian Fürchtegott Gellert（一七一五―六九）。文学者。一七三四年、ライプツィヒ大学入学。一七三九年、経済的困難のため勉学を中断し、ドレスデンで家庭教師。一七四〇年、勉学を再開し、一七四四年、寓話論で博士号を取得し、以後ライプツィヒ大学で詩学、文体論、道徳論を講じる。一七五一年より哲学科準正教授。受講者の中にはゲーテもいた。作家としては、ブレーメン寄与派に属し、理性重視だけではなく感情の要素を文学に取り入れた。一七四六年の『寓話と物語集』で成功を収める。さらに、イギリスの作家リチャードソンの影響のもとに小説『スウェーデンG伯爵夫人の生涯』(一七四七—四八年)出版、多くの詩も書いた。また、特筆すべきは、ゲラートが女性のための「手紙文例集」の優れた書き手であり、女性の手による書簡体文学誕生への道筋をつけたことである。

(65)「エーヴァルト・フォン・クライスト」Ewald Christian von Kleist(一七一五—五九)。プロイセンの将校、詩人。ケーニヒスベルクで法学、哲学を学んだ。フリードリヒ大王即位(一七四〇)の後、プロイセン軍に入隊し、シュレージエンで軍功。一七四九年に、第一詩集『春』を出版、詩人ラムラー(訳注27参照)と知り合う。一七五七年と五八年の冬に、クライストの連隊はライプツィヒに宿営し、ここでレッシングのサークルに参加する。一七五九年に戦場に倒れる。自然詩、頌歌、牧歌、悲歌なども書いた中で、一七五七年の"Ode an die Preußische Armee"(「プロイセン頌歌」)が知られる。レッシング、メンデルスゾーン、ニコライが発行した雑誌「最新文学に関する書簡」(一七五九—六五)は、クライストに最新文学を知らせる手紙という形式を取っている。

(66)「ゴットシェート」Johann Christoph Gottsched(一七〇〇—六六)。初期啓蒙主義文学者。十四歳でケーニヒスベルク大学入学、神学、哲学、数学、物理学、古典文献学、詩学、修辞学を学ぶ。一七一九年、気象学・物理学の分野で学位取得。一七二五年よりライプツィヒで美学とヴォルフ哲学を講義。一七三〇年、詩学準正教授、一七三四年、論理学・形而上学正教授。戯曲"Sterbender Cato"(『死に赴くカトー』一七三二)ほか、多数の戯曲および哲学・詩学・修辞学に関する著書がある。理性偏重の理論は次世代の文学者たちの反発を招き、ハンブルクのレッシングとは演劇に関して、またスイスのボードマー、ブライティンガーとは文学における不可思議なものに関して論争した。一七三五年に彼の妻となったルイーゼ・アーデルグンデ・ヴィクトワールは、自宅で行われる夫の講義を半開きの扉のかげで聴講、彼の翻訳を助け、秘書役を務める傍ら、自ら戯曲を著し、夫と共に女性のための啓蒙雑誌を発刊、「ゴットシェーディン」と呼ばれた。

(67)「ボードマー」Johann Jakob Bodmer（一六九八―一七八三）。啓蒙主義文学者。スイス、チューリヒ郊外の出。神学を学んだ後、商人としての教育も受けた。チューリヒのギムナジウムで歴史と政治学を教える。一七三七年から市会参事員。非合理なものを文学においても排除しようとするゴットシェートに反対し、ヨハン・ヤーコプ・ブライティンガーと協同して、文学における不可思議なものの表現を守る論戦を繰り広げた。中世ドイツ語の再発見者、またホーマーやミルトンの翻訳者としての功績もある。

(68)「ルイ・フェルディナント王子」Louis Ferdinand（本名Friedrich Ludwig Christian 一七七二―一八〇六）。プロイセンの王子。フリードリヒ大王の一番下の弟フェルディナントの息子。凛々しく勇敢であるばかりでなく、才能に恵まれ、ことに音楽の才は初期ロマン派の作曲家としてベートーベンにも評価されたという。エキセントリックなところもあったが人に愛された。一七九二年、対ナポレオン戦争で勲功。しかし一八〇六年、愛国の志に燃え、自ら前線に出て指揮を執ったイェーナの会戦で破れ、戦死を遂げる。

(69)「銀行家のファイト」Simon Veit（?―一八一九）ドロテーアの最初の夫。ユダヤ人銀行家。モーゼス・メンデルスゾーンの娘ドロテーアが若くして結婚させられた相手は、風采も上がらず、才気にも乏しいユダヤ人男性であった。ドロテーアはそれまで表向き静かに結婚生活を続けていたため、一七九九年、ヘンリエッテ・ヘルツを介して申し込まれた離婚は、彼にとって晴天の霹靂であった。しかし穏やかに、寛大にこれに応じ、息子たちも結果的には二人ながらドロテーアの手に委ねた。新しい夫、フリードリヒ・シュレーゲルにはなかなか定職がなく困っていると知って、ひそかに財政的支援もした。ようやく後年に至ってドロテーアは、父が自分の夫に選んだ男、ファイトの真価を知ったと言うべきであろう。

(70)『朝の時間』"Morgenstunden oder Vorlesungen über das Dasein Gottes"(一七八五)。メンデルスゾーンが自分の息子たちなどのために早朝に行った講義をまとめた講義録。

(71)「ヨハンとフィーリップ・ファイト」Johann Veit(一七九〇—一八五四)とPhilipp Veit(一七九三—一八七七)。ナザレ派の画家。一八一〇年、兄弟ともカトリックに改宗。兄のヨハンはローマで生活、ナザレ派風の絵を描き続けた。弟フィーリップは解放戦争に加わった後、一八一五—三〇年までローマで絵の修行、ナザレ派画家たちのフレスコ画制作に参加。その後ドイツに帰り、フランクフルト、マインツなどで宗教的な画題を扱った壁画、天井画を制作する。

(72)「フリードリヒ・シュレーゲル」Friedrich von Schlegel(一七七二—一八二九)。初期ロマン派の文学者。一七九〇年、兄アウグスト・ヴィルヘルムと共にゲッティンゲン大学入学、法学、文献学、歴史、哲学を学ぶ。一七九七年、ベルリンで、ヘルツのサロンにおいてシュライエルマッハーと合い知り、実り多い交流をもつ一方、ドロテーア・メンデルスゾーンと出会って恋愛に陥り、小説『ルチンデ』を著す。一七九九年、ドロテーアを伴って兄のいるイェーナに移り、ノヴァーリス、ティーク兄妹らと文学活動、雑誌「アテネウム」(一七九八—一八〇〇)発行。一八〇〇年、学位を取得するが、才能にふさわしいポストを得られず、ベルリン、ドレスデン、ライプツィヒを経てパリに行き、そこでドイツ文学、哲学を講じる傍ら、サンスクリットを学ぶ。一八〇九年、宮廷秘書の地位を得てウィーンに。一八一四年、ジャーナリストとしてウィーン会議に、また教皇使節団顧問として一八一五年から一八年までフランクフルトの国会にも出席。一八一九年には美術専門家として皇帝やメッテルニヒに同行してイタリアに。晩年はウィーンで自分の全集刊行に力を注ぐ。

(73)「ライヒァルト」Johann Friedrich Reichardt(一七五二—一八一四)。作曲家。一七七五年、フリードリヒ大王のベルリン宮廷楽団に勤めるが、フランス革命に捧げる曲を作ったために、一七九四年に同楽団長を免職となる。一八〇七年、一時期、カッセル、ジェローム・ボナパルトの宮廷楽団長。ゲーテの詩に曲を付けたことで知られる。

(74)「シュライエルマッハー」第七章参照。

(75)『ルチンデ』"Lucinde"（一七九九）。官能的かつ精神的な男女の愛を抽象性の高い言語で描いた小説。ドイツでは、この頃女性の貞節を重要視する市民道徳を理想とする小説が一般的であり、その内容の革新性は一般の人々には受け入れ難いものだった。

(76)『ルチンデに関する書簡』"Schleiermachers Vertraute Briefe über die Lucinde"（一七九九）。シュライエルマッハーは、ここで、古代の芸術に見られるように、官能は愛の精神の象徴であり証であると述べて、『ルチンデ』を擁護している。

(77)「牧師グルーノウの妻」ベルリンで、シュライエルマッハーは同僚の牧師の妻エレオノーレ・グルーノウを愛するに至り、彼女との結婚を真剣に考えた。この恋愛問題は当然のことながら、教会当局との軋轢を生み、一八〇二年にシュライエルマッハーがベルリンを去る原因の一つとなった。

(78)「アウグスト・ヴィルヘルム・シュレーゲル」August Wilhelm von Schlegel（一七六七―一八四五）。フリードリヒ・シュレーゲルの兄。ロマン派の作家、批評家。ゲッティンゲン大学で神学と文献学を学ぶ。一七九一年から九五年までアムステルダムで家庭教師、この間にシェイクスピアのドイツ語訳を始める。一七九五年に訳注79のカロリーネと婚約、イェーナに移り住む。カロリーネとの結婚は、一七九六年から一八〇三年まで。一七九八年から、イェーナ大学の準正教授。弟と共に初期ロマン派サークルの中心的人物となる。一八〇〇年にベルリンへ移りここで文学に関する講義を行う。一八〇三年にスタール夫人と出会い、彼女の息子たちの家庭教師となる。その後スタール夫人が一八一七年に亡くなるまで、彼女の旅の同行者としてヨーロッパ各地を旅行。一七九七年から一八一〇年にかけて、シェイクスピアの翻訳を継続して出版。スタール夫人の死後、一八一八年にボンで文学と芸術史の教授となる。

(79)「旧姓ミヒャエリス」Caroline Schlegel-Schelling（一七六三—一八〇九）ゲッティンゲン大学東洋学・旧約学教授ミヒャエリスの娘。文学性の高い書簡を多く残した。一七八四年、医者ベーマーと結婚、四年後、夫は病死。一七九二年、幼なじみのテレーゼ・フォルスター（訳注88参照）の招きに応じ、娘を伴ってマインツに。この直後にマインツはフランス革命軍に占領され、テレーゼは愛人のフーバーと共にマインツを去る。カロリーネは、残されたテレーゼの夫フォルスター（訳注89参照）の世話をすると共に、共感をもって共和国の誕生を見守る。翌年九三年三月にマインツ共和国が誕生、しかしその後、マインツが反革命軍によって完全に包囲されると、カロリーネ母子は町を脱出。直後、マインツのジャコバン党に加担した嫌疑で逮捕・拘留される。この苦境に手を差し伸べたのがゲッティンゲン時代に交流のあったシュレーゲル兄弟だった。一七九五年、カロリーネは、兄のアウグスト・ヴィルヘルム・シュレーゲル（訳注78参照）と婚約し、イェーナに落ち着く。シュレーゲル兄弟のロマン派文学活動を支え、共に議論に加わり、彼らの雑誌「アテネウム」にも匿名で寄稿。だがシュレーゲル弟の妻ドロテーアと折り合わず、険悪な仲になった。尚、この後、カロリーネは哲学者のシェリングと愛し合うに至り、一八〇三年に、シュレーゲルと離婚、シェリングと結婚している。

(80)「職を見つけたのだった」訳注72の一八〇九年の箇所を参照。

(81)「フンボルト兄弟」訳注8と第五章参照。

(82)「クント」訳注5参照。

(83)「カンペ」Johann Heinrich Campe（一七四六—一八一八）。汎愛主義教育者。ヘルムシュテットとハレで神学を学ぶ。一七七五年にフンボルト兄弟の家庭教師となるが、一七七六年にはバーゼドーの汎愛主義教育学校に移る。しかし、バーゼドーとの意見の対立により翌年には辞任、ハンブルクで少人数教育のための家庭的な学校を開く。一七七九年に“Robinson der Jüngere”(『ロビンソン二世』)を出版、子どものための本作りに集中するために、一七八〇年には学校を手放す。「面白くて役に立つ」子どもの本を多く書いた。一七八九年にはヴィルヘルム・フォン・フンボルトに従ってパリに赴いている。また、同年に出版された、“Väterlicher Rath für meine Tochter”(『わが娘のための父親としての忠告』)は、ドイツの女子教育に大きな影響を与えた。フィーヴェック(訳注18)とも交流があった。

(84)「エンゲル」訳注26参照。

(85)「ゾフィー・フォン・ラ・ロッシュ」Sophie von La Roche(一七三〇―一八〇七)。作家。イギリス、リチャードソンの小説『パメラ』などの影響を受けた書簡小説“Geschichte des Fräuleins von Sternheim”(『シュテルンハイム嬢の物語』一七七一年)の成功により名を成す。手紙というメディアを用いて人間の内面や感情生活を語る小説スタイルはゲーテの『若きヴェルテルの悩み』への道を開いたとされる。一七八三年から八四年まで、女性のための雑誌「パモーナ」を独力で発行。生涯を通じて多くの小説、旅行記、自伝を書いた。尚、ゲーテは一七七二年にラ・ロッシュのサロンを訪ね、彼女の娘マクシミリアーネの美しさに惹かれた。マクシミリアーネは『若きヴェルテルの悩み』の女主人公ロッテのモデルの一人とされている。

(86)「ヘンリエッテ・メンデルスゾーン」訳注25参照。

(87)「カロリーネ・フォン・ヴォルツォーゲン」Caroline Freifrau von Wolzogen(旧姓 von Lengefeld 一七六三―一八四七)。作家。最初の不幸な結婚の中で、文学に手を染める。一七九五年に再婚したヴォルツォーゲンを介して、シラーの知己を得、深い精神的交流を結ぶ。彼女の妹シャルロッテ(訳注128参照)はシラーの妻となる。ラ・ロッシュやシラーの雑誌に匿名で短編や戯曲を発表。同じく匿名で発表された彼女の小説“Agnes von Lilien”（『アグネス・フォン・リーリエン』一七九六—九七）にはゲーテやシラーの思想的影響が見られ、一時は、ゲーテの作とさえ噂された。一八三〇年にシラーの伝記を書く。

（88）「テレーゼ・ハイネ」Therese Heyne（後の Therese Huber 一七六四—一八二九）。作家。ゲッティンゲン大学文献学教授ハイネの娘。一七八五年に訳注89のフォルスターと結婚。一七八八年にマインツに移住。しかし、ここでフーバー（訳注90参照）と愛し合うに至り、フォルスターとの結婚は破綻する。一七九二年にフランス軍がマインツを占領し、反革命軍との戦いが始まると、テレーゼはフーバーと子どもと共にマインツを去って亡命。一七九三年から執筆活動を開始。一七九四年にフォルスターが亡くなった後、フーバーと結婚。イギリスやフランスの小説を翻訳、自分でも小説を書いた。一八〇四年にフーバーは病死、以後テレーゼは執筆によって家族を養った。一八〇七年から二四年までコッタ社の新聞編集者を務め、さらに夫フーバーの全集や前夫フォルスターの書簡集も出版している。

（89）「ゲオルク・フォルスター」Georg Forster（一七五四—九四）。一七七二年から七五年まで、父親と共にイギリス人探検家クックの船に同乗して世界探検旅行、一七七七年、“Reise um die Welt”（『世界周遊旅行』二巻）を著す。一七七八年、カッセル大学博物学教授、一七八四年にはポーランドのヴィルナ大学に招聘される。一七八八年には、マインツ大学図書館長。一七九二年にマインツがフランス革命軍に占領されると、ドイツ人ジャコバン派のリーダーの一人として、マインツ共和国誕生に力を尽くした。一七九三年に、共和国の代表としてパリに赴く。おぞましい恐怖政治に転じた「革命」への失望の中で『マインツ共和国史』を執筆。翌九四年一月、病を得て客死。

（90）「フーバー」Ludwig Ferdinand Huber（一七六四—一八〇四）。作家。若い頃シラーと交友関係にあった。後、外交官秘書としてマインツに赴任。この地でフォルスターの妻、テレーゼと愛し合うに至る。テレーゼとは一七九四年に結婚。一七九八年からコッタ社の新聞編集者、一八〇四年、シュヴァーベンの教育監督官の職を得るが、同年暮れ、病死。

(91)「カロリーネ・フォン・ダッヘレーデン」Karoline Friederike von Dacheröden（一七六六—一八二九）。父はミンデンのプロイセン議会の長だったが、一七七一年には引退してエアフルトの領地に戻った。ダッヘレーデン家は、この地方の名家であり、多くの学者や文人が集まる家だった。一七九一年にヴィルヘルム・フォン・フンボルトと結婚。カロリーネは、シラーの妻となったシャルロッテの友人であり、その縁でシラーはエアフルトのダッヘレーデン家をしばしば訪れている。

(92)「ダービーシャーのピーク頂上の描写」ピークはイギリス、ペニニン山岳地南部の、石灰岩と砂岩より成る地帯で、今は国立公園になっている。"Reisen eines Deutschen im Jahre 1782"（『イギリス紀行』一七八三）の中でモーリッツは、みどりの平坦な地からいきなりそそり立って荒々しく不毛の岩肌を見せている山並み（最高六五三メートル）の特異な地形に賛嘆、ミルトンの『失楽園』の数行を思い出したりしている。カーロンの渡し守かと思われるいでたちの男の案内で岩山の内部に入り、小船に乗せられ、まるで棺桶の中のように横たわっていないと通れないほど天井の低い、昼なお暗い鍾乳洞の中の水路を通り抜ける記述などが印象的である。当時のドイツ読者層はイギリスに独特の魅力を感じていた。

(93)『ナータン』"Nathan der Weise"（『賢者ナータン』一七七九）。レッシングの最後の戯曲。ここで、レッシングは、ユダヤ教、キリスト教、イスラム教の三つの宗教の争いに関して、「三つの指輪」のたとえを用いて、どの宗教かが問題なのではなく、宗教の本質は信仰心の深さにあると説き、宗教的寛容を求めた。

(94)「ゲーテの筆によって有名になったあの悲喜劇」一七七六年の秋に、モーリッツはローマでゲーテに出会った。ゲーテの『イタリア紀行』の一七七六年十二月八日には、モーリッツが馬で帰る途中、その馬が脚をすべらしたために、腕を折ったという事件が書き込まれている。また、一月六日には、モーリッツの腕が治ったとの報告があり、自分は彼の「看護人、聴罪師、親友、大蔵大臣、秘書」の役を務めたとゲーテは書いている。

(95) 「彼の花嫁、旧姓マッツドルフ」Friederike Matzdorff（一七七六または七七—没年不明）。書籍業者マッツドルフの妹。一七九二年の八月にモーリッツと結婚するが、同年に以前の恋人と出奔、この結婚は解消されたとされる。しかし、一七九三年四月にこの二人は共にドレスデンに旅行に出かけている。モーリッツは、この後六月に肺病で亡くなる。

(96) 「ゲディケ」Friedrich Gedike（一七五四—一八〇三）。教育者、古典語教授。一七七七年からフリードリヒ・ヴェルダー・ギムナジウムで教え始め、一七七九年、二十五歳で校長に就任。若者の教育と教育内容の改善に専念、低迷していた同校をベルリン随一の名門校に育てる。一七八四年にはプロイセン高等学務委員会の長となり、高等教育機関、教師養成制度の改革に大きく貢献した。一七八八年、アビトゥーア（大学入学資格試験）導入を実現させる。一七九三年から、ベルリンで最も歴史のあるツム・グラウエン・クロスター・ギムナジウムの校長。

(97) 「学校教師養成所に勤務」一七八七年に、ゲディケは学校教師養成所を設立した。この養成所に、シュライエルマッハーは、一七九三年九月から半年間教員試補として勤務し、ギムナジウムで授業を行うと共に試補として課された論文を執筆した。

(98) 「アレクサンダー・ドーナ伯爵」Friedrich Ferdinand Alexander Graf von Dohna（一七七一—一八三一）。フンボルトの友人。一七九〇年からベルリンの国土・防衛庁勤務、一八〇七年からその長官。フォン・シュタインやハルデンブルクらと共に敗戦後のプロイセンの建て直しと改革にあたり、一八〇八年から一八一〇年までプロイセンの内務大臣。一八一三年のプロイセンの国土防衛軍創設者の一人。尚、シュライエルマッハーは、一七九〇年から九三年までドーナ伯爵家の家庭教師を務め、アレクサンダー・ドーナ伯爵はシュライエルマッハーの教え子の一人だった。また、ドーナ伯爵はヘルツの崇拝者の一人であり、未亡人となった四十歳のヘルツに求婚した経緯がある。

(99) 「シャリテ」一七一〇年に作られたベルリンの慈善病院。一七九六年、シュライエルマッハーは、この病院の牧師となり、病院内の宿舎に移り住んだ。

(100) 『宗教論』"Reden über die Religion an die Gebildeten unter ihren Verächtern"(一七九九)。シュライエルマッハーは、この著作の進捗について逐一ヘルツに知らせていた。たとえば、一七九九年二月二十五日付ポツダムからのヘンリエッテ・ヘルツ宛の手紙の中で、シュライエルマッハーは、第三の説教はまだ完成しておらず、インスピレーションがわかないと報告している。

(101) 「シュトルプ」バルト海沿岸地方ポンメルンの寒村。一八〇二年に、シュライエルマッハーは、ロマン派の詩人やユダヤ人女性との交際、また人妻エレオノーレ・グルーノウへの恋愛などによって教会当局から要注意人物と見なされ、シュトルプの教会に異動となった。この地には宮廷もなく社交活動が皆無であり、シュライエルマッハーは非常に孤独な思いをしたとされる。

(102) 「ジャン・パウル」Jean Paul, alias Johann Paul Friedrich Richter(ジャン・パウル本名ヨハン・パウル・フリードリヒ・リヒター)文中ではしばしばリヒターと呼ばれている。

(103) 「シュラーブレンドルフ伯爵夫人」Henriette Gräfin von Schlabrendorf(一七七三―一八五三)。

(104) 「エマーヌエル」Emanuel Samuel(一八一四年よりOsmund、一七六六―一八四二)。一七九三年、ジャン・パウルはバイロイトでユダヤ人商人エマーヌエルと知り合い、親しく交際するようになった。

(105) 「ルイーゼ妃」Luise Auguste Wilhelmine Amalie zu Mecklenburg-Strelitz(一七七六―一八一〇)。一七九三年、十七歳で後のフリードリヒ・ヴィルヘルム三世(訳注1参照)と結婚、フリードリヒ・ヴィルヘルム四世およびヴィルヘルム一世の母となる。美しく、また優しい人柄でベルリン市民に大変愛された。一八〇五年、プロイセン王とロシアのアレクサンダー皇太子の接近を仲立ち。イェーナとアウエルシュタットにおける敗戦の後、王、王子らと共にケーニヒスベルク、メーメルに亡命。一八〇七年、ティルジットにおける会見ではプロイセンのために講和条件の緩和をナポレオンから得ようとして果たせなかった。王家のベルリン帰還後、一八一〇年、病死。

(106)「その妹君」Friederike Caroline Sophia von Mecklenburg-Strelitz（一七七八—一八四一）。ルイーゼ妃の妹。一七九三年に、フリードリヒ・ヴィルヘルム三世の弟、ルートヴィヒと結婚。シャードウによるルイーゼとフリーデリケの二人の彫像（一七九七）は、よく知られる。

(107)「メクレンブルク・シュトレーリッツ大公」(Großherog von Mecklenburg-Strelitz)（一七七九—一八六〇）。ルイーゼ妃の弟で、よい相談相手だった。

(108)「フォン・ベルク夫人」Caroline von Berg（一七六〇—一八二六）。ルイーゼ妃の友人、後に妹のフリーデリケ妃にも仕える。ルイーゼ妃の伝記を書いた。娘のルイーゼ・フォン・フォス伯爵夫人（一七八〇—一八六五）は、一八〇七年からベルリンで政治的色彩の強いサロンを開き、当時のプロイセン改革派の人々が客となった。

(109)『巨人』"Titan"（一八〇〇—〇三）。ワイマールでのゲーテとの出会いの影響が見られるとされる作品。ジャン・パウルは、『巨人』には、『巨人のための滑稽な補遺』とさらにこの補遺部分の付録として『クラーヴィス』が付けられている。

(110)『ヘスペルス』"Hesperus oder 45 Hundposttage. Eine Biographie"（一七九五、三巻、一七九八年に四巻に拡大）。『ヘスペルスあるいは四十五の犬の郵便日』は、犬が運んできた郵便を書き写した書物という形式を持つ。物語部分以外に、読者との対話、風刺、論説など多くの脱線がある。

(111)『ロッジ』"Die unsichtbare Loge"（一七九三）。ジャン・パウルの最初の長編小説。やはり、物語の筋とは関係しない、自由自在な脱線が見られる作品。未完成、無限性が特徴とされる。

(112) 「補遺部分と『クラーヴィス』」訳注109参照。

(113) 「ジャンリス夫人」Stéphanie-Félicité Ducrest de Saint-Aubin Gräfin de, Marguise de Sillerz Genlis（一七四六―一八三〇）。パリのサロン主宰者、作家。フィーリップ・エガリテと呼ばれたオルレアン公（一七四七―九三）の愛人だったことがあり、その息子のルイ・フィーリップ（一七七三―一八五〇）の養育係を務めた。ルイ・フィーリップは、フランス七月王世期の国王。ジャンリス夫人は、一七六一年からパリでサロンを開き、音楽会や演劇上演を行った。フランス革命の後、イギリス、スイス、ドイツへ亡命の旅に出た。一七九八年から二年間ベルリンに滞在。このとき、ヘルツは夫人フランス語の教授を受けた。一八〇〇年にパリに帰還。膨大な量の回想録や著作が残されている。

(114) 「王子アウグスト」August Friedrich Wilhelm Heinrich Prinz von Preußen（一七七九―一八四三）プロイセンの王子。フリードリヒ・ヴィルヘルム三世の弟。

(115) 「フィヒテ哲学」スタール夫人は、その著書『ドイツ論』の中の「カント前後の最も著名な哲学者たち」という章で、フィヒテとシェリングをカントに続く最も著名な哲学者として紹介し、カントの哲学より「さらに超越的な哲学」を提唱したと評している。

(116) 「シュパルディング教授」Georg Ludwig Spalding（一七六二―一八一一）。著名なプロテスタント神学者・哲学者で教区監督者シュパルディング（一七一四―一八〇四）の息子。ベルリンのツム・グラウエン・クロスター・ギムナジウム教授として教鞭を取る傍ら、ゼノン、デモステネス、クインテリアンなどギリシャ・ラテンの文献学・修辞学に関する学問的著作を残す。

(117) 「フォン・クアラント公爵夫人」Dorothea von Kurland（一七六一―一八二一）。クアラントはバルト海に面した東プロイセンの一地方。中世初期にはクーア人が居住したが、十三世紀以来ドイツ騎士団によってキリスト教化され、ドイツ人も住む司教区となった。十六世紀から十七世紀にはポーランド領。十八世紀に入ると、周辺諸国の干渉が強くなる。クアラント公爵夫人の夫ペーター・フォン・ビーロンは最後のクアラント公であり、一七九五年にロシアに公爵領を譲渡した。一八〇〇年に夫が亡くなった後は、クアラント公爵夫人は、冬をベルリンで過ごすようになり、ウンター・デン・リンデンの公爵邸でサロンを開いた。ヘルツは夫人の子どもたちの英語の家庭教師もしている。

(118)「ヨハネス・ミュラー」Johannes von Müller（一七五二―一八〇九）。作家、歴史家、政治家。カッセル、マインツ、ウィーン、ベルリンなどの宮廷に勤める。ナポレオン反対者から賛美者に転じた最晩年（一八〇七―〇九）はヴェストファーレン教育省長官。

(119)「アウグスト・ヴィルヘルム・シュレーゲル」訳注78参照。

(120)「ゾフィ・ベルンハルディ」Sophie Bernhardi（一七七五―一八三三）。ロマン派の作家。劇作家ティークの妹で、一七九九年、兄の友人作家アウグスト・ベルンハルディの妻となり、執筆活動を行う。イェーナで兄と共にロマン派の文学活動に参加。スタール夫人がベルリンに来た頃は、ゾフィはアウグスト・ヴィルヘルム・シュレーゲルの愛人だった。一八〇二年に出版された〝Wunderbilder und Träume in elf Märchen〟『不思議な絵と夢・十一のメルヘン』は大きな反響を呼んだ。ベルンハルディとは一八〇三年に離婚。一八一〇年にフォン・クノリングと再婚した後も、作品を書き続けた。

(121)「フォン・ベルク夫人」訳注108参照。

(122)「シラーがベルリンに滞在していた折」一八〇四年（死の前年）、シラーはプロイセンの王都に移り住む可能性を打診かたがたベルリンを訪れたが、折り合わずワイマールに戻った。

(123)「一七九九年パリに滞在中」一七九六年にフンボルト兄弟の母が亡くなり、兄弟は遺産を相続した。アレクサンダーは、一七九九年から一八〇四年まで南米旅行に出かける。一方、ヴィルヘルムは、家族と共にイタリア旅行を計画するが、イタリアが政治的に不安定な状況であったので、ウィーン、スイスを経由して一七九七年にはパリに至った。パリには一七九九年まで滞在し、さらにその後スペインに出発している。

(124)『イオン』"Ion. Schauspiel in 5 Aufzügen"（一八〇三）。ギリシャ語から翻案、戯曲にしたもの。一八〇一年これを読んだゲーテは、自ら演出し、ワイマール劇場で上演した。

(125)「フォン・グライヒェン夫人」Gleichen-Rußwurm, Emilie（一八〇四—一八七二）。シラーの末娘。

(126)「あのフィーリップ王との有名な場面」シラーの『ドン・カルロス』第三幕、第十場。侯爵ポーザは強大な権勢を持つスペイン王フィーリップと、誇り高い毅然たる姿勢で対決する。

(127)「彼の妻」Charlotte von Schiller（一七六六—一八二六）。シラーの妻シャルロッテ（通称ロッテ）は、カロリーネ・フォン・ヴォルツォーゲン（訳注87参照）の妹。

(128)「カロリーネ・フォン・ヴォルツォーゲン」訳注87参照。

(129)「フレック」訳注43参照。

(130)「イフラント」August Wilhelm Iffland（一七五九—一八一四）。俳優、演出家、劇場監督。一七八二年、マンハイム国立劇場で、シラー作『群盗』初演においてフランツ・モーアを演じて成功を収めた。一七九六年、ベルリン国立劇場支配人、一八一一年王立劇場の総監督。自らも多くの作品を書き、当たりを取った。

(131)「ベートマン」Friederike Auguste Bethmann（一七六〇—一八一五）。父親（役人）の死後、母親の再婚相手であった作家グロースマンが一時支配人をしたマインツの劇場で初舞台を踏む。一七八五年、喜劇役者ウンツェルマンと結婚、一七八八年からベルリンで共に役者業。一八〇三年ウンツェルマンと離婚後、同じく俳優のベートマンと結婚。喜劇・悲劇を問わず役をこなす、美しく有能な女優としてベルリンの観客に愛された。

(132)『ヴァレンシュタイン』"Wallenstein"(一七九八—九九)三十年戦争の皇帝軍総大将ヴァレンシュタインを描くシラー作の壮大な三部作悲劇。初演は一七九八年から九九年、ワイマール。テクラはヴァレンシュタインの娘。帝国の平和を願う意図から政治的取引として敵方スウェーデンと交渉したヴァレンシュタインと、これをヴァレンシュタインの裏切りと解し、彼の失墜を諮る老将ピコリーニとの主導権争いの中、ピコリーニの息子でテクラの恋人であったマックスが命を落とす。テクラは彼の墓辺で嘆き自分も死を願う。

(133)「フレックの妻」Sophie Louise Fleck(一七七七—一八四六)。女優。一七九二年にベルリン国立劇場にデヴューし、成功を収める。一七九三年にフレック(訳注43参照)と結婚。フレックの死後、一八〇九年にシュレックと再婚。その後も引き続き女優として活躍し、ヨーロッパ各地で公演を行った。一八四二年、ベルリン国立劇場でデヴュー五十周年記念公演を行い、引退。

(134)「ゲーテ」一八一〇年九月十六日、ゲーテは秘書のリーマーを伴ってドレスデンに到着した。リーマーの記録によると、彼らは十日後の二十六日にドレスデンを出発している。この年の夏を、ゲーテはボヘミアの避暑地カールスバートとテプリッツで過ごし、その帰途にドレスデンに立ち寄った。ドレスデンは当時ロマン派の画家が多く活躍する場所であり、ゲーテはこの訪問中に、カスパー・ダーフィト・フリードリヒの作品を鑑賞している。

(135)「ワイマール公ベルンハルト」Carl Bernhard, Herzog von Sachsen-Weimar-Eisenach(一七九二—一八六二)ゲーテが仕えたカール・アウグスト大公の次男。数学に秀でており、幾何学に関する著作を残している。北アメリカを旅行し、旅行記も書いた。

(136)「ケルナー夫人」夫は、クリスティアン・ゴットフリート・ケルナー(Christian Gottfried Körner 一七五六—一八三二）。ケルナーはシラーの友人であり、一七八五年、八七年、一八〇一年にシラーが客として滞在している。この家で、戯曲『ドン・カルロス』などの作品が書かれた。詩人でウィーンのブルク劇場付き作家ともなったテオドール・ケルナー（Theodor Körner 一七九一—一八一三）は夫妻の息子。

(137)「ゲーテが絵画館にいるとの知らせ」画家ルイーゼ・ザイドラーの回想録には、「ある朝、私が絵画館で仕事をしていると、『彼がここにいる！』『彼が絵画館にいる！』という知らせが響いた」とあり、これは一八一〇年九月十七日の出来事と推測されている。さらにこの後何度もゲーテは絵画館を訪れたとザイドラーは記録している。ザイドラーは、ゲーテに高く評価された女性画家で、ドレスデンの画家キューゲルゲンのもとで絵を学び、ワイマールやゴータの宮廷家族の肖像、またゲーテの肖像や彼の依頼による絵を制作した。ゲーテの主君カール・アウグスト公の奨学金を得てミュンヘン、イタリアでの修行を許される。帰国後、ワイマール公爵家の二人の娘の絵の教師を務め、宮廷絵画収集主事として絵画展などを任された。ゲーテ最後の日々、彼の屋敷に住まい、その死を看取った一人でもある。

(138)「ナザレ派」ナザレ派とは、従来のアカデミックな古典主義絵画に満足できず、ローマに移住して新しい絵画を生み出そうとした画家たちのグループ。一八一〇年からローマの修道院で集団生活を送り、初期ルネサンスの作品を研究し、フレスコ画の再興を目指した。外見がナザレのキリストのような長髪だったので、ナザレ派と呼ばれた。

(139)「彼のドレスデン滞在中」訳注134参照。

(140)「シュロッサー夫人」Cornelia Schlosser（一七五〇—七七）。ゲーテの妹、コルネーリア。ゲーテの友人ヨハン・ゲオルク・シュロッサー（一七三九—九九）と一七七三年に結婚。シュロッサーは、弁護士として、また文学雑誌の編集者としてゲーテと共にフランクフルトで、仕事をしたことがあり、一七七三年、バーデン辺境伯宮廷顧問の地位を得た人物。娘二人を得るが、あまり幸福ではない短い結婚生活の後、一七七七年、病死。鋭い感性と才能に恵まれていたが薄幸の女性であった。

(141) 「ニコロヴィウス」Georg Heinrich Ludwig Nicolovius (一七六七—一八三九)。コルネーリア・シュロッサー (訳注140) の娘ルイーゼの夫。ケーニヒスベルクで神学を修めた後、各地を旅し、ハーマン、ヤコービ、クロップシュトック、ラヴァター、ペスタロッチなどと交流を持つ。特に文学者でゲーテの友人でもあったシュトルベルクとは深い友情で結ばれ、多くの年月を彼の伯爵領で過ごした。一七九三年、ルイーゼと会い、一七九五年、結婚。翌年、息子アルフレートを得る。後年、該博な知識と温厚な人物を評価され、次々と教育関係の要職に就く。ベルリンではドーナ (訳注98参照) やフンボルトのもとでプロイセンの教育改革に貢献、枢密院議員ともなるが、ルイーゼとの結婚当初はシュトルベルクの領地の司教区書記に過ぎなかった。

(142) 「フリードリヒスドール」訳注2参照。

(143) 「ライル」Johann Christian Reil (一七五九—一八一三)。医者、ハレ大学教授、一八一〇年以降、ベルリン大学教授。ゲーテの侍医のひとりでもあった。

(144) 「イェッテ」ヘンリエッテの愛称。

(145) 「イタリアからの帰途」ヘンリエッテ・ヘルツは、一八一七年から一九年にかけてイタリアを旅行している。

(146) 「ヴォール」Jeanette Wohl (一七八三—一八六一)。一八一六年から一七年の冬に、ベルネはヴォールと出会い、やがて二人は生涯にわたって固い絆で結ばれるようになる。一八二八年のベルリン滞在に際してヴォールに書かれた手紙は、“Berlinische Briefe”(『ベルリン書簡』) として出版される。また、一八三〇年のパリ七月革命を書いた “Briefe aus Paris”(『パリ通信』一八三二—三四) は、ヴォールとの往復書簡がもとになっている。ヴォールは、一八三二年、フランクフルトの商人、ザロモン・シュトラウスと結婚。夫妻は病に冒されていた最晩年のベルネを寄宿させ、親身に尽くした。

(147)「ベルリンに滞在中」一八二八年のこと。訳注146参照。

(148)「ハインリヒ・ハイネ」Hienrich Heine（一七九七―一八五六）。詩人、ジャーナリスト。裕福なユダヤ人商人の息子として生まれるが、一八二五年、キリスト教に改宗。『ハルツ紀行』を含む『旅の絵本』（一八二六―二七、一八三〇―三一）『歌の本』（一八二七）がある。ロマン的な詩情と醒めた懐疑が交錯する詩、イロニーに富む攻撃的な散文は彼特有。一八三一年よりパリに住む。『ドイツ・ロマン派』（一八三五）によって後期ロマン派の反動性を攻撃。ドイツ古典哲学、特にヘーゲル哲学こそは市民革命を用意するとした『ドイツ宗教および哲学史』（一八三五）によって「若き青年ドイツ」派および彼自身の著作が発禁となるきっかけを作る。韻文による叙事詩『ドイツ冬物語』（一八四四）、および『アッタ・トロル。真夏の夜の夢』（一八四七）は、ドイツの状況（小領邦国家制、俗物性）を鋭く風刺する。

(149)「あの多く騒がれた場面」ベルネとハイネ（訳注148参照）は共にユダヤ人で、ほぼ同時期にパリに亡命、ここからドイツ保守反動体制批判のメッセージを発信していた。しかしハイネは詩人としての孤高を保つのに比べ、ベルネは好んで労働者と交わるなど、二人の資質は水と油のごとく異なっていたため摩擦が生じ、ベルネは『パリ通信』（訳注146参照）等においてハイネを批判、これに対しハイネは『ルートヴィヒ・ベルネ』("Über Ludwig Börne" 一八四〇）という書をもって反駁した。出版時、ベルネはすでに死去していたが、ベルネの長年の女友達ジャネット・ヴォール（訳注146参照）は誹謗を許せず、その夫シュトラウスがハイネに決闘を挑む。ハイネは空に向けて発砲し、決闘自体はことなく終わった。

あとがき・解説

十八世紀七十年代から十九世紀初頭、フランスでは政治・社会革命が激しく渦巻いた時代、その余波は北国ドイツにも及び、特にプロイセンの首都ベルリンにあっては啓蒙思想の影響のもと、様々な勢力の拮抗と流動が見られた。古い「生まれによる貴族」階級に対して「精神の貴族」をもって任ずる新興の市民知識階級が、ドイツ人・キリスト教社会に対しては経済力と不屈の向上心を持つユダヤ人富裕層・知識層が、家父長的男性中心社会の秩序感覚に対しては自己意識を持ち始めた女性たちが、そして体系的学問知識の独占者をもって任ずる男性知識人たちに対しては手当たり次第の読書によって自力で知と教養を身につけた「ディレッタント」の若い女性たちが、その存在を主張し始めたのである。

上の対立項のすべてにおいて後者に属するヘンリエッテは、ポルトガル系ユダヤ人医師の娘として、一七六三年、ベルリンに生まれた。幼少年期をめぐる彼女の回想によれば、父親ド・ルモスは正統派ユダヤ教徒であったが、優雅な物腰と進歩的な考え方を持ち、訛りのない美しいドイツ語を話した。彼は娘にヘブライ語、ドイツ語の基礎を学ばせた他、外国語や音楽のレッスンを受けさせ、流行の小説に読みふけることも黙認した。ヘンリエッテは回想の中で、愛情をこめてこの父親を描く一方、不治の眼病のせいもあって常に不機嫌で叱言ばかり言っていた母親については、あまり好意的な書き方をしていない。上昇志向の強い娘の目には、家事や縫い物の稽古を強要し、そのような形で自分を古いユダヤ人社会に閉じ込めようとする母親は、愉快でない存在と映ったのかも知れない。

十五歳の若さでヘンリエッテは、当時、医師としてベルリンでかなりの名望を得ていたユダヤ人哲学者マルクス・ヘルツと結婚させられたが、これは彼女にとって母親の狭い世界からの解放ではあった。十七歳も年長で、カントの弟子をもって任ずる理性的で謹厳な学者であるマルクスは、若い妻の感情生活を理解することはなかったが、子どもの戯れを眺める大人の寛容をもって妻に接し、彼女に少女時代のままの貸本屋通いや交友を許した。そのためヘンリエッテは、似たような境遇にあったほぼ同年代の女友達たち――レッシングらドイツ啓蒙思想家にも絶大の信頼を得ていたユダヤ人哲学者モーゼス・メンデルスゾーンの娘であるドロテーアやその妹ヘンリエッテ、財力にかけてはプロイセンの貴族も市民も一目を置くユダヤ人銀行家マルクス・レーヴィンの娘であるラーエルら――と共に、燃えるような知識欲、向上心をもって手に入る限りの書物を読み漁り、外国語を学び、当時の女性として水準以上の知識・教養を得ていた。

やがて、ヘルツ自身の記述にあるように、哲学の講義が行われていた夫マルクス・ヘルツの隣室に、若い女主人を囲んで、哲学よりは文学を愛好する若者たちが集い、出版されたばかりの文学作品を朗読し、批評や議論に打ち興じるようになった。ヘンリエッテたちの新しい自己意識の源泉となり、精神の糧ともなったのは、今や啓蒙文学を追い落とす勢いで生まれつつあった、ゲーテからロマン派に至るドイツの新しい文学である。迸る感情の高みや揺れる心の深遠を描くこの新時代の文学――あくまで理性的な夫には「不可解」な代物――に傾倒するに至って、ヘンリエッテの精神世界は夫のそれから独立したと言えるだろう。文学的感動を分かち合える人間が、身分を問わず、特別な会員規約や参加資格も定めず、人が人を呼ぶ形で女主人のまわりに集まってほぼ自然発生的に誕生したのが、ヘンリエッテやラーエルらの主催する社交場、いわゆるベルリン・サロンである。自由闊達な談話に興じつつ互いの知的・精神的向上を目指す場として、それは、学者・知識人、文学者、役者、芸術家、女性たち、そして、フンボルト兄弟など名門貴族の青年たち、プロイセンの王子やその養育係、フリードリヒ・ゲンツやミラボーなど内外の政治家や外交官、スタール夫人のような亡命貴族までを集め、遂には、「ジャンダルメン広場とヘルツを見なくてはベルリンを見たと言えない」とさえ言われる「名所」にもなったのである。

「夫は知識によって、自分は美によって人を引きつけた」とヘルツは自ら書く。当代随一と言われたヘンリエッテ・ヘルツの美貌が人を集める大きな力であったことは間違いないが、サロンの「自然発生」には、むろん、個人の牽引力を超える時代的・思想的背景があった。時代の合言葉は、啓蒙と、人間存在の高い普遍的使命を目指しての文化的・道徳的自己陶冶である。「啓蒙」とはカントの有名な定義によれば「人間が自らに責任のある未成年状態を脱すること」であり、モーゼス・メンデルスゾーンの理解に従えば、人はそのためには「哲学を通して理論的に、芸術や人との触れ合いを通して実践的に」学ぶ必要があった。また、ヘルツ夫妻の長年の友人でヘンリエッテのサロンの最も忠実な客でもあり、理論的支柱をも提供したフリードリヒ・シュライエルマッハーによれば、それは、「互いに人格を高め合おうとする、理性ある人間たちの自由な交わりの場」を必須の要件とした。

しかるに、ヘンリエッテも書くように、当時、古い貴族の家には停滞と退屈があるのみで、一方、ようやく経済力を得た市民層には文化と教養への意欲はあってもそれを展開する場を自ら開く力はなく、プロイセンの首都として知識人や芸術家を集めながら大学すらなかったベルリン（ベルリン大学の成立はナポレオン戦争敗北後の一八一〇年である）には、つまり自由な知的交流の場がまだ存在しなかったのである。このような場を初めて提供したのが、交易で培った富とコスモポリタン的精神、高い知力を持ち、ドイツ人社会への同化を強く願いながら、実際にはまだ市民権すら与えられずに生きていたユダヤ人であった。モーゼス・メンデルスゾーンは、十四歳の少年として無一文でベルリンにやって来て、商家で見習い修業の傍ら、精励刻苦、学問に励み、哲学者として名声を得たが、ヘルツが書きとめているように、決して豊かではない中で率先して自らの家を開放した。そして人種、宗教、階層、男女の隔てなく人を受け入れ、共に哲学、文学、芸術を論じたのである。その努力を引き継いだドロテーア、ヘンリエッテ、ラーエルたちのもとに、人々は挙って集まり、共同してベルリン・サロンという一つの文化の時代を築いた。

この状況はナポレオン戦争を経てプロイセンの社会が一変すると共に終わりを告げた。ページ数の関係で割愛せざるを得なかったヘンリエッテの「時代を振り返って」という回想にある通り、「サロン」は形の上では存続したが、そこでの社交は、人との交わりの中で人格の陶冶を目指すという若々しい理想や、それを核として階層を問わず人を集める求心力を失っていた。それのみかメッテルニヒの復古体制の中、ドイツ人市民社会の保守化に伴って、ユダヤ人を排除する形の愛国主義的「サロン」すら、登場したのである。ヘンリエッテの回想録がまとめられたのは、すでにそうした時代であり、彼女の目は往時を振り返りつつ、批判の目で同時代を見据えている。

ヘンリエッテ・ヘルツの回想録は、従来、サロンに関する著述で部分的に引用されることは多かったが、このようなまとまった形で出版されるのは日本では初めてのことである。残念ながら抄訳ではあるが、この貴重なベルリン・サロンの記録を日本の読者に贈れることを喜ばしく思っている。出版に際してご尽力くださった中央大学出版部の平山勝基氏と星野晃志氏に深く感謝をささげたい。

略年表

西暦	ヘンリエッテ・ヘルツ年齢	ヘンリエッテ・ヘルツ	周辺の人々	関連事項
一七四七			マルクス・ヘルツ生まれる。	
一七四九			ミラボー生まれる。 ゲーテ生まれる。	
一七五七			カール・フィーリップ・モーリッツ生まれる。	プロイセン・オーストリア七年戦争始まる。
一七五九			フリードリヒ・シラー生まれる。	
一七六三			ドロテーア・メンデルスゾーン（後のシュレーゲル）生まれる。 ジャン・パウル生まれる。	
一七六四		九月五日、ベルリンに、ヘンリエッテ・ヘルツ生まれる。	フリードリヒ・ゲンツ生まれる。	
一七六七	3		ヴィルヘルム・フォン・フンボルト生まれる。 アウグスト・ヴィルヘルム・シュレーゲル生まれる。	
一七六八	4		フリードリヒ・シュライエルマッハー生まれる。	

一七六九	5		アレクサンダー・フォン・フンボルト生まれる。	ナポレオン生まれる。
一七七〇	6		カント、ケーニヒスベルク大学教授に就任。	
一七七一	7		ラーエル・レヴィン（後のファルンハーゲン）生まれる。	
一七七二	8		フリードリヒ・シュレーゲル生まれる。 ルイ・フェルディナンド王子生まれる。	第一次ポーランド分割。
一七七三	9	ヘンリエッテ、ユダヤ人の素人演劇グループのオペレッタに初出演。	ゲーテ『ゲッツ・フォン・ベルリヒンゲン』出版。	
一七七四	10		ゲーテ『若きヴェルテルの悩み』出版。	
一七七五	11			アメリカ独立戦争。
一七七六	12			アメリカ独立宣言。
一七七七	13	ヘンリエッテ、十七歳年上のマルクス・ヘルツと婚約。		アメリカ独立。
一七七八	14		ドロテーア・メンデルスゾーン、銀行家ジーモン・ファイト	

一七七九	15	ヘンリエッテ、マルクス・ヘルツと結婚。	と結婚または婚約。	
一七八一	17		カント『純粋理性批判』出版。 ドーム『ユダヤ人の市民的改善について』出版。 シラー『群盗』出版。 レッシング没。	
一七八四	20	ヘンリエッテ、自宅でフンボルト兄弟にヘブライ語の手ほどきをする。 この頃ヘンリエッテの文学サロンが本格化する。		
一七八六	22	ヘンリエッテのサロンにミラボー来訪。	モーゼス・メンデルスゾーン没。 ルートヴィヒ・ベルネ生まれる。	フリードリヒ大王没。プロイセン国王フリードリヒ・ヴィルヘルム二世即位。
一七八九	25			バスティーユ襲撃事件。 フランス革命始まる。
一七九一	27		ミラボーの死。	
一七九二	28			プロイセン、第一次対仏同盟戦争に参加（〜九五）

一七九三	29		カール・フィリップ・モーリッツ没。	第二次ポーランド分割。フランス、ルイ十六世の処刑。
一七九四	30	ドーナ伯爵、ヘンリエッテのサロンにシュライエルマッハーを導き入れる。	シャードウ、ブランデンブルク門上の戦勝馬車を完成。	『プロイセン一般ラント法』交布。
一七九五	31			プロイセンは対フランス単独講和を結び、戦線を離脱（一八〇五年まで）。ライン河左岸はフランスの占領下に。第三次ポーランド分割。
一七九六	32		イフラント、ベルリン王立劇場監督に就任。フリードリヒ・シュライエルマッハー、ベルリンに牧師として着任、ヘンリエッテとの交友深まる。	
一七九七	33	ヘンリエッテのサロンでシュライエルマッハーとフリード		プロイセン国王フリードリヒ・ヴィルヘルム三世即位。ナポレオンのイタリア遠征。

		リヒ・シュレーゲル出会う。 ドロテーア・ファイト、ヘンリエッテのサロンでフリードリヒ・シュレーゲルと出会う。 ドロテーアの離婚の件でヘンリエッテはジーモン・ファイトと交渉。		
一七九八	34		シュレーゲル兄弟、初期ロマン派の機関紙「アテネウム」を刊行。	
一七九九	35		シュライエルマッハー、『宗教論』を発表。 フリードリヒ・シュレーゲル、小説『ルチンデ』を発表。 シュライエルマッハー、『ルチンデに関する書簡』をもってシュレーゲルを弁護。 ドロテーア・ファイト、ジーモンと離婚。 ルイ・フェルディナント王子、	ナポレオン、クーデターを起こし執政となる。

一八〇〇	36	ヘンリエッテ、ジャン・パウルと知り合う。ジャン・パウルをシュライエルマッハーに紹介。	フリードリヒ・ヴィルヘルム三世との確執のため、ベルリンを追われる。アレクサンダー・フォン・フンボルト、南米探検旅行に出発。ジャン・パウル『巨人』出版。
一八〇一	37	ヘンリエッテ、夫のマルクスに伴ってピアモントに静養。ハンブルクで、クロップシュトック、ティッシュバインらと知り合う。	ドロテーア・シュレーゲル、小説『フロレンティン』出版。シュライエルマッハー、シュトルプに転勤。
一八〇二	38	十一月、ルートヴィヒ・ベルネ、ヘンリエッテの家に寄宿。	ヴィルヘルム・フォン・フンボルト、プロイセン公使としてローマに着任。フリードリヒ・ゲンツ、オース

一八〇三	39	マルクス・ヘルツ死去。ベルネ、ヘンリエッテに恋心を抱き、自殺騒ぎを起こす。	トリア宰相メッテルニヒの部下としてポストを得る。	ナポレオンによるドイツ領邦諸国家秩序の大改定。三〇〇有余の領域群が約四十の独立単位に再編される。
一八〇四	40	ヘンリエッテはベルネをハレの友人に紹介、ベルリンを去らせる。 自宅のサロンでシラーと知り合う。 スタール夫人、ヘンリエッテのサロンの客となる。	カント没。 シュライエルマッハー、神学教授としてハレ大学に招聘される。	ナポレオンが皇帝に即位。
一八〇五	41	ヘンリエッテ、リューゲン島に滞在。	ドロテーアとフリードリヒ・シュレーゲル結婚。 フリードリヒ・シラー没。	
一八〇六	42	ヘンリエッテ、解放戦争などの事情でサロンを閉鎖。		ナポレオン、ライン同盟を結成。神聖ローマ帝国の終焉。

			シュライエルマッハー、ハレからベルリンに移る。	プロイセン、対仏戦争を再開。イエナとアウエルシュタットの会戦でプロイセン軍、壊滅。ルイ・フェルディナンド王子、戦死。
一八〇七	43			ティルジットの和約。プロイセン、領土の約半分を失う。シュタインによるプロイセン改革始まる。
一八〇八	44	ヘンリエッテ、リューゲン島に滞在、友人の娘に英語を教えて生計を立てる。	ドロテーアとフリードリヒ・シュレーゲル、揃ってカトリックに改宗。	
一八〇九	45		シュライエルマッハー、友人の未亡人、ヘンリエッテ・フォン・ヴィリヒと結婚、ベルリンの三位一体教会牧師となる。	
一八一〇	46	ヘンリエッテ・ヘルツ、ドレスデンでゲーテと会う。	ヴィルヘルム・フォン・フンボルト、ベルリン大学創設。シュライエルマッハー、初代神学部長に就任。	

一八一一	47	ヘンリエッテ、ウィーン訪問。ウィーンのシュレーゲル夫妻のもとに寄宿。	アヒム・フォン・アルニム、キリスト教ドイツ円卓創設（女性とユダヤ人の入会を許さなかった）。 フリードリヒ・ニコライ没。	
一八一二	48			ナポレオン、ロシア遠征。
一八一三	49	ヘンリエッテ、解放戦争の負傷兵の介護や孤児、貧しい家庭の子どもの教育に尽力。		プロイセン、対仏宣戦。 解放戦争始まる。
一八一五	51			ウィーン会議。
一八一七	53	ヘンリエッテ、母親の死後、キリスト教に改宗。秋、イタリア旅行に出発。ミュンヘンではシェリング宅に寄宿。ローマではカロリーネ・フォン・フンボルト家に寄宿。ドロテーアの息子、ヨハンとフィーリップ、およびフリードリヒ・オヴァーベックらナザレ派の画家やヴィルヘルム・シャードウに会う。		
一八一九	55	五月、イタリア旅行を切り上		

		げてベルリンへ帰郷。帰途、シュトゥットガルトでウーラントと知り合い、またジャン・パウルと再会。旅の途上、ヴィルヘルム・フォン・フンボルト、ルートヴィヒ・ベルネ、アウグスト・ヴィルヘルム・シュレーゲルらとも再会。		
一八二五			ジャン・パウル没。	
一八二八	64	ルートヴィヒ・ベルネ、ベルリン来訪、ヘンリエッテを訪問。		
一八二九	65	この頃ヘンリエッテ、ベルリン・サロンについての回想を口述筆記開始。	フリードリヒ・シュレーゲル没。	
一八三〇	66			フランス、七月革命。
一八三二	68	ヘンリエッテ・ヘルツ、メアリー・ストーンクラフトの『女性の権利擁護について』（一七八二）を翻訳。	ゲーテ没。ゲンツ没。	

一八三三	69		ラーエル・ファルンハーゲン没。	
一八三四	70		シュライエルマッハー没。	ドイツ関税同盟発足。
一八三五	71		ヴィルヘルム・フォン・フンボルト没。	
一八三九	75		ドロテーア・シュレーゲル没。	
一八四〇	76			プロイセン国王フリードリヒ・ヴィルヘルム四世即位。
一八四五		アレクサンダー・フォン・フンボルトの世話でヘンリエッテ・ヘルツは五〇〇ターラーの年金を得ることになる。	アウグスト・ヴィルヘルム・シュレーゲル没。	
一八四七	83	ヘンリエッテ・ヘルツ、ベルリンにて死去。		

編訳者紹介

野《の》 口《ぐち》 薫《かおる》 中央大学文学部教授

沢《さわ》 辺《べ》 ゆり アウクスブルク大学日本語講師を経て、
現在フランクフルト在住

長谷川《はせがわ》 弘子《ひろこ》 杏林大学外国語学部助教授

ベルリン・サロン　ヘンリエッテ・ヘルツ回想録

2006年3月5日　第1刷発行

編訳者　野口　薫
沢辺　ゆり
長谷川　弘子

発行者　中央大学出版部
代表者　中津　靖夫

〒192-0393　東京都八王子市東中野 742-1
発行所　中央大学出版部
電話 0426(74)2351　FAX 0426(74)2354
http://www2.chuo-u.ac.jp/up/

ISBN 4-8057-5160-6

Verzeichnis der Abbildungen

1. (Titelbild) Henriette Herz. Gemälde von Anna Dorothea Therbusch, 1778, Nationalgalerie Berlin.

2. (Frontispiz) Henriette Herz. Gemälde von Anton Graff, 1792, Nationalgalerie Berlin.

3. (Seite 5) Markus Herz. Stich von Rick nach einer Zeichnung Johann Gottfried Schadows, Deutsche Staatsbibliothek Berlin, Porträtsammlung.

4. (Seite 11) Henriette Herz. Kupferstich von Albert Teichel nach einem Gemälde von Anton Graff, Schiller-Nationalmuseum/Deutsches Literaturarchiv.

5. (Seite 21) Moses Mendelssohn. Gemälde von Anton Graff, 1771, Ullsteinbild.

6. (Seite 28) Lavater und Lessing bei Moses Mendelssohn. Holzschnitt nach einem Gemälde von Moritz Daniel Oppenheim, 1856, Nationalgalerie Berlin.

7. (Seite 34) Henriette Herz. Bleistiftzeichnung von Anton Graff, Bildarchiv Preußischer Kulturbesitz, Berlin.

8. (Seite 34) Dorothea von Schlegel. Deutsche Staatsbibliothek Berlin, Porträtsammlung.

9. (Seite 34) Rahel Varnhagen von Ense. Bleistiftzeichnung von Wilhelm Hensel, 1822, Ullsteinbild.

10. (Seite 34) Caroline Schlegel-Schelling. Gemälde von Friedrich August Tischbein, 1798, Bildarchiv Preußischer Kulturbesitz, Berlin.

11. (Seite 35) Dorothea von Schlegel. Porträt nach einem Gemälde von Anton Graff, Ullsteinbild.

12. (Seite 45) Wilhelm von Humboldt. Deutsche Staatsbibliothek Berlin,

Porträtsammlung.

13. (Seite 50) August Wilhelm Schlegel. Porträt nach einer Zeichnung von Hugo Bürkner, Ullsteinbild.

14. (Seite 50) Friedrich von Schlegel. Kohlezeichnung von Philipp Veit, ca. 1810, Ullsteinbild.

15. (Seite 50) Wilhelm von Humboldt. Porträit, Ullsteinbild.

16. (Seite 50) Alexander von Humboldt. Porträit, Ullsteinbild.

17. (Seite 51) Karl Philipp Moritz. Porträt von Christian Friedrich Rehberg und von K. F. J. H. Schumann, 1791, Archiv für Kunst und Geschichte.

18. (Seite 57) Friedrich Ernst Daniel Schleiermacher. Lithographie nach einer Zeichnung von F. Krüger, Ullsteinbild.

19. (Seite 67) Jean Paul. Kupferstich nach einer Zeichnung von Karl Vogel von Vogelstein 1822, Ullsteinbild.

20. (Seite 74) Henriette Herz. Büste von Joahnn Gottfried Schadow, 1784, Akademie der Künste, Bildarchiv, Berlin.

21. (Seite 74) Brustbild eines jungen Mädchens mit turbanähnlichem Kopfputz (wahrschinlich Studie zur Büste von Henriette Herz) von Johann Gottfried Schadow. Staatliche Museen Berlin.

22. (Seite 74) Berlin Schinkelplatz Friedrichwerdersche Kirche Innenaufnahme, Ullsteinbild.

23. (Seite 75) Germaine de Stael. Porträt nach einem Kupferstich, Ullsteinbild.

24. (Seite 83) Friedrich von Schiller. Porträt nach dem Gemälde von L. von Simanowitz, Ullsteinbild.

25. (Seite 84) Johann Wolfgang von Goethe. Ölgemälde von Franz Gerhardt von Kügelgen, 1810, Goethe-Museum Düsseldorf/Anton-und-

Katharina-Kippenberg-Stiftung.

26. (Seite 91) Ludwig Börne. Ullsteinbild.

索　引

凡　例

1．人名は、カタカナおよび欧文で表記し、生年没年を付した上で、50音順に配列した。

2．人名のカタカナ表記は、国松孝二他編『独和大辞典』（小学館、1990/1985）に従った。

【人　名】

［ あ～お ］

アンシヨン，ジャン・ピエール・フレデリック　Ancillon, Jean Pierre Fréderic（1767-1837）…………17, 109

イフラント，アウグスト・ヴィルヘルム　Iffland, August Wilhelm（1759-1814）…………86, 108, 129, 144

ヴァイセ，クリスティアン・フェーリクス　Weiße, Christian Felix（1726-1804）…………113

ヴォール，ジャネット　Wohl, Jeanette（1783-1861）…………100, 132, 133

ヴォルツォーゲン，カロリーネ・フォン男爵夫人　Wolzogen, Caroline Freifrau von（1763-1847）…………47, 48, 86, 121, 129

ヴォルテール（本名　フランソワ・マリー・アルエ）　Voltaire, alias François Marie Arouet（1694-1778）…………24, 113, 114

エンゲル，ヨハン・ヤーコプ　Engel, Johann Jakob（1741-1802）…………15, 16, 46, 108, 111, 121

［ か～こ ］

カール・アウグスト公　Carl August（Großherzog von Sachsen-Weimar-Eisenach）（1757-1828）…………51, 84. 130, 131

カール・オイゲン公　Carl Eugen（Herzog von Württemberg）（1728-1793）…………83

カール・ベルンハルト公　Carl Bernhard（Herzog von Sachsen-Weimar-Eisenach）（1792-1862）…………87, 130

カント，イマーヌエル　Kant, Immanuel（1724-1804）…………5, 112, 136, 138, 142, 143

カンペ，ヨハン・ハインリヒ　Campe, Johann Heinrich（1746-1818）…………46, 107, 120

クアラント，ドロテーア・フォン（旧姓フォン・メデム，帝国伯爵令嬢）　Kurland, Dorothea von, geb. Reichsgräfin von Medem（1761-1821）…………77, 79, 127, 128

クライスト，エーヴァルト・クリスティアン・フォン　Kleist, Ewald Christian von（1715-1759）……………………………30, 112, 116
グライヒェン=ルースヴルム，エミーリエ　Gleichen-Rußwurm, Emilie（1804-1872）……………………85, 129
クライン，エルンスト・フェルディナント　Klein, Ernst Ferdinand（1744-1810）……………15, 27, 109, 114
クント，ゴットロープ・ヨハン・クリスティアン　Kunth, Gottlob Johann Christian（1757-1829）…7, 46, 104, 120
ゲーテ，ヨハン・ヴォルフガング・フォン　Goethe, Johann Wolfgang von（1749-1832）……… 2, 8, 9, 14, 30, 51, 55, 67, 75, 80, 83-90, 105, 106, 107, 108, 110, 111, 112, 113, 116, 119, 121, 122, 123, 126, 129, 130, 131, 132, 137, 141, 142, 148, 150
ゲディケ，フリードリヒ　Gedike, Friedrich（1754-1803）………58, 124
ゲラート，クリスティアン・フュルヒテゴット　Gellert, Christian Fürchtegott（1715-1769）…30, 115, 116
ゲルケ，ヨハン　Goercke, Johann（1750-1822）……………………27, 114
ケルナー，クリスティアン・ゴットフリート　Körner, Christian Gottfried（1756-1831）……………………88, 130
ケルナー，テオドール　Körner, Theodor（1791-1813）……………131
ゲンツ，フリードリヒ・フォン　Gentz, Freidrich von（1764-1832）………………17, 110, 137, 141, 146, 150
ゴットシェート，ヨハン・クリストフ　Gottsched, Johann Christoph（1700-1766）………………30, 116, 117

［ さ～そ ］

ザムエル，エマーヌエル　Samuel, Emanuel（1766-1842）……70, 71, 125
シェイクスピア，ウィリアム　Shakespeare, William（1564-1616）………24, 77, 106, 108, 119
シャードウ，ヨハン・ゴットフリート　Schadow, Johann Gottfried（1764-1850）………18, 74, 111, 126, 144
ジャン・パウル（本名フリードリヒ・リヒター）　Jean Paul, alias Friedrich Richter（1763-1825）………2, 67-73, 125, 126, 141, 146, 150
ジャンリス夫人　Genlis, Stéphanie-Félicité Ducrest de Saint-Aubin Gräfin de（1746-1830）………76, 127
シュトラウス，ザロモン　Strauß, Salomon（1795-1866）…101, 132, 133
シュパルディング，ゲオルク・ルートヴィヒ　Spalding, Georg Ludwig（1762-1811）……………………76, 127
シュラーブレンドルフ，ヘンリエッテ・フォン伯爵夫人　Schlabrendorf, Henriette Gräfin von（1773-1853）……………………68, 125
シュライエルマッハー，フリードリヒ・ダニエル・エルンスト　Schleiermacher, Friedrich Daniel Ernst（1768-1834）……………2, 39, 40, 41, 42, 57-65, 67, 72, 73, 95-99, 109, 118, 119, 124, 125, 138, 141, 144, 145, 146, 147, 148, 151
シュレーゲル，アウグスト・ヴィルヘル

ム・フォン　Schlegel, August Wilhelm von（1767-1845）……2, 24, 42, 50, 59, 75, 77, 78, 82, 113, 118, 119, 120, 128, 141, 145, 150, 151
シュレーゲル，カロリーネ（旧姓ミヒァエリス）　Shlegel,Caroline, geb. Michaelis（1763-1809）……34, 42, 119, 120
シュレーゲル，ドロテーア・フォン（旧姓メンデルスゾーン，ファイト）Schlegel, Dorothea von, geb. Mendelssohn, gesch. Veit（1763-1839）……14, 25, 34, 35-43, 47, 60, 107, 117, 118, 120, 136, 139, 141, 142, 143, 145, 146, 147, 148, 149, 151
シュレーゲル，フリードリヒ・フォン　Schlegel, Friedrich von(1772-1829)……2, 14, 35, 37, 38, 39, 40, 41, 42, 50, 57, 59, 60, 75, 108, 117, 118, 119, 120, 142, 144, 145, 147, 148, 149, 150
シュロッサー，コルネーリア（旧姓ゲーテ）　Schlosser, Cornelia, geb. Goethe（1750-1777）……90, 131, 132
シラー，シャルロッテ・フォン　Schiller, Charlotte von（1766-1826）……86, 121, 123, 129
シラー，フリードリヒ・フォン　Schiller, Friedrich von(1759-1805)……2, 67, 75, 80, 83-87, 108, 111, 121, 122, 123, 128, 129, 130, 141, 143, 147
スタール，アンヌ・ルイーズ・ジュルメーヌ・ド男爵夫人　Stael-Holstein, Anna Louise Germaine Baronin de（1766-1817）……75-82, 108, 119, 120, 127, 128, 137, 147

[た〜と]

ダッヘレーデン，カロリーネ→フンボルト，カロリーネ，フリーデリケ・フォン
ツェルター，カール・フリードリヒ　Zelter, Karl Friedrich（1758-1832）……14, 107
ツェルナー，ヨハン・フリードリヒ　Zöllner, Johann Friedrich（1753-1824）……15, 108
ティーク，ルートヴィヒ　Tieck, Ludwig（1773-1853）……2, 118, 128
テルブッシュ，アンナ・ドロテーア　Therbusch, Anna Dorothea（1721-1782）……1
デールブリュック，ヨハン・フリードリヒ・ゴットリープ　Delbrück, Johann Friedrich Gottlieb（1768-1830）……7, 103, 104, 110
テラー，ヴィルヘルム・アブラハム　Teller, Wilhelm Abraham（1734-1804）……15, 108
ドーナ，フリードリヒ・フェルディナント・アレクサンダー・フォン伯爵　Dohna, Friedrich Ferdinand Alexander Graf von（1771-1831）……58, 124, 132, 144
ドーム，クリスティアン・ヴィルヘルム・フォン　Dohm, Christian Wilhelm von（1751-1820）……15, 18, 108, 110, 143

[な〜の]

ナポレオン　Napoléon Bonaparte（1769-1821）……75, 106, 126, 142, 144, 145, 147, 149

ニコライ，クリストフ・フリードリヒ Nicolai, Christoph Friedrich (1733-1811)……………………………21, 27, 106, 107, 111, 112, 113, 114, 116, 149
ニコロヴィウス，ゲオルク・ハインリヒ・ルートヴィヒ Nicolovius, Georg Heinrich Ludwig (1767-1839) ……………………90, 132
ネッケル，ジャック Necker, Jacques (1732-1804) …………………………75
ノヴァーリス 本名フリードリヒ・レーオポルト・フォン・ハルデンベルク男爵 Novalis, alias Friedrich Leopold Freiherr von Hardenberg (1772-1801)………………2, 9, 107, 118

[は〜ほ]

ハーゲドルン，フリードリヒ・フォン Hagedorn, Friedrich von (1708-1754) ……………………30, 115
ハイネ，テレーゼ→フーバー・テレーゼ
ハイネ，ハインリヒ Heine, Heinrich (1797-1856) ………………91, 101, 133
ハラー，アルブレヒト・フォン Haller, Albrecht von (1708-1777) ……………………30, 115
ビスマルク，オットー・エトヴァルト・レーオポルト Bismark, Otto Edward Leopold von (1815-1898)…………………………104
ヒルト，アロイス・ルートヴィヒ Hirt, Aloys Ludwig (1759-1839) ……………………18, 111
ファイト，ジーモン Veit, Simon (?-1819) ……35, 36, 38, 39, 40, 117, 118, 142, 145
ファイト・ドロテーア→シュレーゲル，ドロテーア・フォン
ファイト，フィーリップ Veit, Philipp (1793-1877)……………35, 37, 118, 149
ファイト，ヨハン Veit, Johann (1790-1854)……………35, 37, 118, 149
ファルンハーゲン・フォン・エンゼ，カール Varnhagen von Ense, Karl (1785-1858)……………………103, 113
ファルンハーゲン・フォン・エンゼ，ラーエル（旧姓レーヴィン） Varnhagen von Ense, Rahel, geb. Levin (1771-1833) …………………26, 33, 34, 109, 113, 136, 137, 139, 142, 151
フィーヴェック，ヨハン・フリードリヒ Vieweg, Johann Friedrich (1761-1835)……………12, 13, 107, 121
フィッシャー，エルンスト・ゴットフリート Fischer, Ernst Gottfried (1754-1831) ……………………18, 111
フィヒテ，ヨハン・ゴットリープ Fichte, Johann Gottlieb (1762-1814)…………………76, 77, 127
フーバー，テレーゼ（旧姓ハイネ，フオルスター） Huber, Therese geb. Heyne gesch. Forster (1764-1829) ………………………47, 48, 49, 120, 122
フーバー，ルートヴィヒ・フェルディナント Huber, Ludwig Ferdinand (1764-1804) ………………47, 120, 122
フェスラー，イグナツ・アウレリウス Feβler, Ignaz Aurelius (1756-1839)……………18, 19, 110, 111
フォルスター，テレーゼ→フーバー，テレーゼ
フォルスター，ゲオルク Forster,

Georg（1754-1794）…47, 49, 120, 122
フリーデリケ妃　Friederike Caroline Sophia von Mecklenburg-Strelitz (1778-1841)……………71, 74, 111, 126
フリードリヒ・ヴィルヘルム二世 Friedrich Wilhelm Ⅱ. (1744-1797)…………………5, 114, 143
フリードリヒ・ヴィルヘルム三世 Friedrich Wilhelm Ⅲ. (1770-1840)…………………………7, 103, 104, 108, 110, 125, 126, 127, 146
フリードリヒ・ヴィルヘルム四世 Friedrich Wilhelm Ⅳ. (1795-1861)………7, 103, 104, 125, 151
フリードリヒ二世　Friedrich Ⅱ. (1712-1786)…………………………29, 30, 113, 114, 115, 116, 117, 118, 143
フリートレンダー，ダーフィト Friedländer, David (1750-1834) ………………5, 8, 14, 22, 106, 108, 112
ブリンクマン，カール・グスタフ・フォン男爵　Brinckmann, Carl Gustav Baron von（1764-1847）………17, 109
フレック，ゾフィー・ルイーゼ Fleck, Sophie Louise (1777-1846)……………………87, 130
フレック，フェルディナント　Fleck, Ferdinand（1757-1801）……………………18, 86, 111, 129, 130
フンボルト，アレクサンダー・フォン Humboldt, Alexander von (1769-1859)………………………7, 15, 16, 31, 45, 46, 50, 81, 82, 103, 104, 105, 108, 120, 128, 137, 142, 143, 146, 151
フンボルト，ヴィルヘルム・フォン男爵 Humboldt, Wilhelm Freiherr von (1767-1835)…7, 15, 17, 31, 45-49, 50, 81, 82, 104, 105, 108, 120, 121, 123, 124, 128, 132, 137, 141, 143, 146, 148, 150, 151
フンボルト，カロリーネ・フリーデリケ・フォン（旧姓ダッヘレーデン） Humboldt, Karoline Friederike von geb. Dacheröden（1766-1829）…………………………48, 49, 123, 149
ベートマン，フリーデリケ・アウグステ Bethmann, Friederike Auguste (1760-1815)……………………86, 129
ベルク，カロリーネ・フォン　Berg, Caroline von（1760-1826）…………………………71, 79, 126, 128
ヘルツ，マルクス　Herz, Marcus (1747-1803)………………………5-10, 11, 18, 19, 53, 54, 57, 58, 59, 80, 91, 136, 137, 141, 142, 143, 146, 147
ベルネ，ルートヴィヒ　Börne, Ludwig (1786-1837) ………2, 91-101, 133, 143, 146, 147, 150
ベルンシュトルフ，クリスティアン・ギュンター・フォン伯爵 Bernstorff, Christian Günther Graf von（1769-1835）………………17, 109
ベルンハルディ，ゾフィー　Bernhardi, Sophie（1775-1833） ………………………77, 78, 79, 118, 128
ベンダーフィト，ラザルス　Bendavid, Lazarus（1762-1832）…………22, 112
ボードマー，ヨハン・ヤーコプ Bodmer, Johann Jakob (1698-1783)………………30, 116, 117

［ ま〜も ］

マールブランシュ，ニコラ・ド

Malebranche, Nicolas de
(1638-1715)……………………………8, 105
マイモン，ザロモン　Maimon,
Salomon (1753-1800) ………22, 112
マイアー，カロリーネ　Mayer,
Karoline (1777-1860) ……………67
ミヒァエリス，カロリーネ→シュレーゲル，カロリーネ
ミュラー，ヨハネス・フォン　Müller,
Johannes von (1752-1809) …77, 128
ミラボー，オノレ・ガブリエル・リケティ・コント・ド　Mirabeau,
Honoré Gabriel Riqueti, comte de
(1749-1791)……………2, 137, 141, 143
メッテルニヒ，クレーメンス・ロータール・フォン　Metternich, Klemens
Lothar von (1773-1859)
………………91, 103, 110, 118, 139, 147
メンデルスゾーン，ドロテーア→シュレーゲル，ドロテーア・フォン
メンデルスゾーン，ヘンリエッテ
Mendelssohn, Henriette
(1775-1831)………14, 47, 108, 121, 136
メンデルスゾーン，モーゼス
Mendelssohn, Moses (1729-1786)
……2, 14, 21-33, 35, 36, 106, 107, 109,
111, 112, 116, 117, 118, 136, 138, 143
モーリツ，カール・フィーリップ
Moritz, Karl Philipp
(1757-1793) …………………9, 14, 15,
51-56, 106, 108, 112, 123, 124, 141, 144

[ら～ろ]

ラ・ロッシュ，カール・フォン
La Roche, Karl von
(1766-1839)…………………18, 47, 110
ラ・ロッシュ，ゾフィー・フォン
La Roche, Sophie von
(1730-1807) ………………47, 110, 121
ライヒァルト，ヨハン・フリードリヒ
Reichardt, Johann Friedrich
(1752-1814) ……………………37, 118
ライル，ヨハン・クリスティアン
Reil, Johann Christian
(1759-1813)…………………95, 97, 132
ラムラー，カール・ヴィルヘルム
Ramler, Karl Wilhelm
(1725-1798) ………………15, 108, 116
リーマー，フリードリヒ・ヴィルヘルム
Riemer, Friedrich Wilhelm
(1774-1845)…………………………130
ルイ16世　Ludwig XVI.
(1754-1793) …………………………75
ルイーゼ王妃　Luise Auguste
Wilhelmine Amalie zu Mecklenburg-
Strelitz (Königin von Preußen)
(1776-1810)………71, 74, 111, 125, 126
ルイ・フェルディナント（本名フリードリヒ・ルートヴィヒ・クリスティアン）　Louis Ferdinand, eigtl.
Friedrich Ludwig Christian
(1772-1806)
……………33, 77, 79, 117, 142, 145, 148
レッシング，ゴットホルト・エフライム
Lessing, Gotthold Ephraim
(1729-1781)……2, 8, 21, 24, 28, 30, 53,
106, 108, 111, 112, 113, 116, 123, 136, 143
レーヴィン，ラーエル→ファルンハーゲン・フォン・エンゼ，ラーエル
ロイクセンリング，フランツ・ミヒァエル　Leuchsenring, Franz Michael
(1746-1827) ……………………17, 110